Kester Schlenz

Jagd über das Teufelsmeer

Das neue Abenteuer der Geister-Gang

Kester Schlenz

Jagd über das Teufelsmeer

Das neue Abenteuer der Geister-Gang

Mit Illustrationen von Max Meinzold

Ravensburger Buchverlag

Bibliografische Information der Deutschen Nationalbibliothek:

Die Deutsche Nationalbibliothek verzeichnet diese Publikation
in der Deutschen Nationalbibliografie.
Detaillierte bibliografische Daten sind im Internet
auf www.dnb.d-nb.de abrufbar.

MIX
Papier aus verantwortungsvollen Quellen
FSC® C114500

1 2 3 4 5 E D C B A

Originalausgabe

Umschlag- und Innenillustrationen: Max Meinzold
Lektorat: Svenja Wulff, Valentino Dunkenberger

Printed in Germany

ISBN 978-3-473-36955-3

www.ravensburger.de

Für

meine fantastische Familie

INHALT

RITT DES VAMPIRHÖRNCHENS

Der Hund war gigantisch. Bullig, kräftig, der Hals so dick wie ein Abflussrohr.

Und er rannte direkt auf uns zu.

Wir gingen gerade am Waldrand spazieren. Wir: Das sind meine Wenigkeit – Till –, meine besten Freunde Meck und Bea und unsere etwas sonderbaren Freunde aus der Unterwelt: der Piratengeist Klaus Störtebeker, genannt Störti, der sprechende Spatz Horst und das Vampirhörnchen Stribbi.

Stribbi war – wie immer – vorausgelaufen und hockte gerade mitten auf dem Weg. Er hatte den Hund noch nicht bemerkt, der nur noch wenige Meter entfernt war. Gleich würde er sich auf unseren kleinen Freund stürzen.

„Nein!“, rief ich und wollte schon losrennen, als

Störti seine große Pranke auf meine Schulter legte und mit ruhiger Stimme sagte: „Keine Angst, Till. Mit dem wird Stribbi schon fertig.“

Und so blieben wir alle stehen und warteten ab, was passieren würde.

Knurrend und mit gefletschten Zähnen raste der Hund auf Stribbi zu. Das Vampirhörnchen rührte sich nicht. Hinter dem Hund tauchte jetzt an einer Wegbiegung sein Besitzer auf: ein großer Kerl mit fiesem Grinsen.

„Pfeifen Sie Ihren Hund zurück!“, rief ich.

Der Kerl grinste nur dämlich und antwortete: „Der will doch nur spielen, mein Hasso.“

Jetzt war die Bestie direkt vor Stribbi und riss das Maul weit auf.

Ich erstarrte.

Doch dann passierte etwas Unglaubliches. Stribbi rief: „Attacke!“, sprang aus dem Stand ungefähr einen Meter hoch, warf sich nach vorn, machte einen Salto und landete im Nacken des völlig verdutzten Hundes. Dort krallte sich das Hörnchen fest und rief: „Los, Brauner, jetzt wollen wir mal ein bisschen reiten.“

Der Hund jaulte und wand sich vor Zorn. Er schnappte in die Luft und versuchte, das Vampirhörnchen abzuschütteln. Vergeblich. Stribbis Krallen waren starke und kräftige Waffen. Schließlich blieb der Hund erschöpft stehen und hechelte.

„Das hässliche Pferd hat keine Lust mehr“, piepste Stribbi, sprang in einer fließenden, blitzschnellen Bewegung von dem Hund herunter und hüpfte dann auf meine linke Schulter. Und dort saß er, grinste und tat, als ob er kein Wässerchen trüben könnte. Der Hund winselte und wälzte sich unterwürfig auf dem Rücken. Horst flatterte heran und setzte sich auf meine andere Schulter.

„Ich hab's dir doch gesagt, Junge“, brummte Störti und gluckste vergnügt.

„Stribbi, du kleines Kampfhörnchen. Mann, hatte ich Angst um dich“, sagte ich und streichelte sein weiches Fell.

Stribbi schnurrte zufrieden und sah gespannt nach vorn.

Horst piepste: „Auweia, jetzt gibt's Ärger.“

Denn nun war auch der Besitzer des Hundes am Ort des ungleichen Kampfes angekommen.

„Was habt ihr mit meinem Hasso gemacht?“, brüllte er und kam mit erhobener Faust auf uns zu.

Störti trat einen Schritt vor.

Der Mann erstarrte. Er sah einen zwei Meter großen, sehr kräftigen Kerl in einem Piratenkostüm vor sich. In seinem Gürtel hing links ein Säbel, rechts eine große Pistole.

Störti stellte sich direkt vor Hassos Herrchen und sagte mit ruhiger Stimme: „Du pestkranker Sohn einer Schiffsratte. Hässlicher Klabautersack. Gammeliges Seetanggesicht. Willst du es tatsächlich wagen, die Geister-Gang anzugreifen? Uns, die Herren der Sieben Meere?“

Bea räusperte sich.

„Verzeihung. Ich meine natürlich: die Herren *und die Dame* der Sieben Meere", ergänzte Störti und grinste. „Du nimmst jetzt deinen kleinen Pinscher an die Leine und gehst ganz schnell weiter. Sonst sehe ich mich gezwungen, dir deine wirklich überaus hässliche Visage zu verbeulen und deinem dämlichen Köter alle Beine zu brechen."

„Ja, der Hund sieht doof aus", piepste Stribbi. „Und sein Papa auch."

Meck, Bea und ich warteten angespannt, was nun passieren würde. Der Hundebesitzer stand da und starrte Störti bebend vor Wut ins Gesicht.

Der Pirat stierte ungerührt zurück.

Meck sah die beiden an und meinte trocken zu dem Hundebesitzer: „Sie müssen wissen, dass Herr Störtebeker schon im Jahre 1456 die deutsche Meisterschaft im Stierkampf gewonnen hat. Er hat fünfzehn Gegner in Grund und Boden gestiert."

Schließlich gab Hassos Herrchen auf. Der lange Blick in Störtis untote Augen hatte ihn am Ende fertiggemacht.

„Komm, Hasso", brummte er, drehte sich weg und

ging weiter. Der Hund trottete mit eingezogenem Schwanz hinterher.

Schließlich standen wir wieder allein auf dem Weg am Rand des Waldes, sahen uns an und fingen alle an zu lachen. Mit der Geister-Gang konnte man wirklich irre Sachen erleben. Immer noch kichernd schlenderten wir weiter.

DIE GEISTER-GANG

In diesem Moment klingelte mein Handy.

„Dein Sprechkästchen bimmelt“, sagte Störti. Für ihn war es immer noch wie Zauberei, dass man über viele Kilometer hinweg mithilfe eines so kleinen Dings mit anderen Leuten reden konnte. Und er stammte immerhin aus der ANDEREN WELT, in der es jede Menge verrückter Typen und Sachen wie sprechende Dächer gab. Aber über Handys in unserer Welt, der *echten* Welt, konnte er sich immer noch nur schwer wundern.

Der untote Pirat, das Vampirhörnchen und Horst waren jetzt seit einem Monat bei uns. Wir hatten die drei und viele andere Wesen auf einer abenteuerlichen Reise kennengelernt. Es war allerdings keine freiwillige Reise gewesen: Meck, Bea und ich waren auf einem Jahrmarkt von einer Hexe namens Madame Malus verhext worden, die dort als Wahrsagerin ihren Kunden angeblich die Zukunft voraussagen konnte. Wir drei hatten an ihrem Zelt die Heringe rausgezogen und anderen Unsinn gemacht – was wir bitter bereuen sollten. Zur Strafe hatte uns Madame Malus in die ANDERE WELT gezaubert – eine bizarre Unterwelt voller Geister, Gespenster, Untoter, Werwölfe, Vampire und Trolle. Dort hatten wir den Geist des Piraten Klaus Störtebeker, Stribbi, Horst und viele andere freundliche, aber auch ein paar sehr gefährliche Wesen kennengelernt. Nach einigen wirklich irren Abenteuern gelang uns mithilfe von Störti, Stribbi und Horst schließlich die Flucht aus der ANDEREN WELT durch den geheimnisvollen SCHLUND. Dieser gefährliche Weg hinaus aus der Unterwelt endete ausgerechnet im Inneren der Geisterbahn auf unserem Jahrmarkt. Deren Betreiber war auch ein Bewohner der ANDEREN WELT. Sein Name war Verschwindibus – weil er gelegentlich unsichtbar wurde. So war ihm auch die Flucht durch den SCHLUND gelungen. Eines Tages tauchte er einfach im Inneren der Geisterbahn wie aus dem Nichts auf. Der eigentliche Besitzer der Geisterbahn hatte die Begegnung mit Verschwindibus nie überwunden und sich entsetzt davongemacht. Er war nie wiedergekommen.

Störti, Stribbi und Horst wohnten jetzt im Keller der Geisterbahn in einem großen Raum, der gleichzeitig auch das Hauptquartier der Geister-Gang war. Die Geister-Gang – diesen Namen hatten wir uns nach unserem gemeinsamen Abenteuer gegeben. Wir waren eine eingeschworene Gemeinschaft: drei Kinder, ein Geist, ein Vampirhörnchen und ein sprechender Vogel. Ich heiße wie gesagt Till und bin zwölf. Meck ist elf, sehr lustig, dick wie ein Wal und ein prima Kerl. Bea ist zehn und dünn wie ein Bambusrohr. Aber sie hat ein Mundwerk wie ein Maschinengewehr. Wer sich mit ihr anlegt, wird mit Wortgranaten niedergemacht. Störti hatte sie bereits in der ANDEREN WELT während unseres ersten Abenteuers zu einem Mitglied seiner Mannschaft ernannt. Wie Meck und mich übrigens auch. Wir waren also nicht nur Mitglieder der Geister-Gang, sondern auch waschechte Matrosen, ohne je ein Schiff betreten zu haben. Allerdings hatten wir ehrfürchtig vor dem riesigen Piratenschiff gestanden, neben dem Störti zusammen mit der freundlichen Mumie Margot, dem dicken Weingeist, dem zahnlosen Vampir Lücke und einem Nebelgeist namens Blickdicht in einer Art Geisterwohngemeinschaft gelebt hatte. Das Schiff lag noch immer fest verankert auf dem Fluss, an dem die Geister in der ANDEREN WELT gewohnt hatten.

Niemand durfte wissen, dass der Geist eines Piraten, ein Vampirhörnchen und ein sprechender Spatz in der Menschenwelt lebten. Die Folgen wären nicht auszudenken. Also führten Bea, Meck und ich unser normales Schülerleben unauffällig weiter und besuchten unsere Freunde so oft wie möglich in der Geisterbahn. Die war natürlich die perfekte Tarnung, denn hier fielen Störti, Stribbi und Horst nicht weiter auf. Alle dachten, dass diese verrückten Wesen zur Geisterbahn gehörten und hier mit irgendwelchen Tricks gearbeitet wurde. Den Spatz hielten viele für ein technisch hochwertiges Spielzeug und das Vampirhörnchen für ein verkleidetes Eichhörnchen, dessen Stimme von einem Bauchredner kam.

Ab und an wagten wir aber auch einen Spaziergang, damit unsere Freunde mal rauskamen. Auffallen wollten wir dabei natürlich nicht. Das war uns heute natürlich wirklich *prima* gelungen. Auffälliger ging es ja wohl nicht!

Also, wo war ich? Ach ja: Mein Handy klingelte. Meine Mutter wollte, dass ich nach Hause kam. Sie vermutete, dass ich meine Hausaufgaben noch machen musste, womit sie verdammt recht hatte.

Wir gingen zurück in Richtung Stadt, verabschiedeten uns von Störti, Stribbi und Horst und verabredeten uns für den kommenden Nachmittag in der Geisterbahn. Keiner von uns ahnte, dass an eben jenem Nachmittag ein neues, gefährliches Abenteuer beginnen sollte, das uns weit, weit weg in eine ferne, unheimliche Welt führen würde …

DIE RACHE DES SCHLUNDS

Am nächsten Tag trafen wir uns gleich nach der Schule wieder in unserem Klubhaus im Keller. Störti saß auf dem riesigen roten Sofa und las aus einem Buch über sich selbst laut vor. Stribbi und Horst hockten einträchtig nebeneinander auf seinem Schoß. Verschwindibus hatte Zitronentee gekocht und Kekse gebacken. Es war verdammt gemütlich in unserem Hauptquartier. Bea, Meck und ich lümmelten jeder in einem Sessel und hörten uns die Geschichten von Störtis Abenteuern auf den Sieben Weltmeeren an. Und natürlich kamen wir auch immer wieder auf unsere eigenen Erlebnisse in der ANDEREN WELT zu sprechen – wie etwa unsere abenteuerliche Flucht durch den geheimnisvollen SCHLUND. Wir fragten uns, was wohl aus der furchtbaren Madame Malus geworden sein mochte. Wo sie jetzt ihr Unwesen trieb und ob sie möglicherweise Rachegelüste hatte.

„Ich werde sie mit einer Hand zermalmen, wenn ich sie in die Finger kriege“, rief Störti und zog seinen Säbel. „Und ihre zerbröselten Reste werde ich den Haien zum Fraß vorwerfen, wenn ich dieses Ungeheuer erwische!“ Dabei fuchtelte er so schwungvoll mit dem Schwert, dass er seinen Becher mit Zitronentee glatt vom Tisch fegte.

Meck stand auf, um einen Lappen aus dem Badezimmer zu holen. Wenig später hörten wir seine Stimme von draußen aus dem Kellerflur der Geisterbahn.

„Komisch“, sagte er. „Ich glaub, irgendwas stimmt hier nicht.“

Und tatsächlich – aus dem Flur hörten wir ein seltsames Ächzen, Stöhnen und Raunen.

„Verdammt“, rief Störti. „Das klingt überhaupt nicht gut!“

Alle sprangen auf und eilten hinaus zu Meck. Der stand vor der Tür zum Abstellraum, die allerdings keine normale Tür mehr war. Statt Holz sah man eine weiße, vor sich hin wabernde Fläche. Die Tür schien zu leben. Verschwindibus erstarrte.

„Der SCHLUND“, sagte er mit leiser Stimme. „Er hat sich wieder geöffnet! Meck, geh sofort einen Schritt zurück, sonst –“

Doch ehe unser Freund reagieren konnte, passierte das Unfassbare: Aus der wabernden Masse schoss plötzlich eine Art Greifarm hervor, packte Meck und zog ihn langsam in die Tür hinein!

„Neiiiiiin!“, schrie Meck verzweifelt und stemmte sich gegen den erbarmungslosen Klammergriff der

weißlichen Kralle. Doch ehe wir anderen irgendetwas tun konnten – bevor wir überhaupt richtig begriffen hatten, was hier gerade passierte –, verschwand Meck auch schon mit einem schlürfenden Geräusch in der unheimlichen weißen Substanz. Das Ganze hatte nur wenige Sekunden gedauert.

Störti löste sich als Erster aus seiner Erstarrung. Mit noch immer gezogenem Säbel stürmte er auf die Tür zu und schrie: „Gib uns gefälligst unseren Freund zurück, du mieser, algiger Drecks-SCHLUND! Beim Barte des Klabautermanns. Dich mache ich fertig!“

Sofort schoss der Greifarm wieder hervor, packte Störti und begann, auch ihn hinein ins Innere des SCHLUNDS zu ziehen. Doch der Pirat verfügte über ungeheure Kräfte und wehrte sich verzweifelt. Dem SCHLUND-Greifarm gelang es aber trotzdem, unseren Piratenfreund Zentimeter für Zentimeter zu sich hin zu ziehen.

„Los“, schrie Bea, „wir müssen ihm helfen!“

Und ohne nachzudenken sprangen Stribbi, Horst, Bea und ich zu Störti und fingen gemeinsam an, mit aller Kraft an ihm zu ziehen. Nur Verschwindibus blieb starr vor Entsetzen mitten im Flur stehen. Unsere vereinte Kraft verlangsamte das Zerren des Greifarmes deutlich. Mit zusammengebissenen Zähnen hielten wir uns alle an den Händen und zogen so doll an Störti, wie wir nur konnten.

„Sauber, ihr tapferen Leicht- und Schwermatrosen“, donnerte der Pirat. „Zusammen schaffen wir das! Und jetzt passt mal auf!“

Dann hob er seinen Säbel, um den Greifarm des SCHLUNDS zu zerteilen, aber nun schoss ein zweiter, noch größerer Arm aus der Tür hervor und wickelte sich um Störtis Hand. Ein gewaltiges Stöhnen und Schnaufen drang aus der Tür heraus, und auf einmal spürten wir, dass unsere gesamte Gruppe wie von einem gewaltigen Staubsauger hinein in die weiche, wabernde Masse der Tür gezogen wurde. Es gab erneut ein lautes schlürfendes Geräusch und dann hüllte uns völlige Dunkelheit ein.

Ich wurde ohnmächtig.

MECK IST WEG

Ich wusste nicht, wie viel Zeit vergangen war, als ich schließlich von Möwengeschrei und dem Rauschen von Wellen, die auf einen Strand brandeten, wieder geweckt wurde.

Ich rappelte mich mühsam auf. Neben mir sah ich Störti, Stribbi, Horst und Bea, die sich nun ebenfalls leicht benommen erhoben. Meine Freunde von der Geister-Gang waren also auch hier gelandet, nachdem uns der SCHLUND auf so gemeine Art und Weise eingesogen hatte. Und wir alle standen völlig sprachlos da und starrten die bizarre Umgebung an, in der wir nun standen. Vor uns erstreckte sich ein gewaltiger Ozean. Blaugrünes Wasser, so weit das Auge reichte. Und aus den Tiefen dieses Wassers hörten wir sonderbare Töne – ein Zischen, Glucksen,

Dröhnen und Murmeln. Keine Frage: Dieses Meer war bevölkert von lebenden Wesen. Aber keine dieser Kreaturen zeigte sich.

Wir standen auf dem feinsandigen Boden eines sehr schönen, lang gezogenen Strandes, der etwa zwanzig Meter breit war. Dahinter lag ein dichter Dschungel. Wir sahen schier undurchdringlich wirkendes Buschwerk, gigantische, fremdartige pechschwarze Bäume und bizarre gelbe Pflanzen, die wie riesige Lampen von den Bäumen hingen und die ab und an zuckten, als ob Stromstöße durch sie hindurchfuhren.

Bea fand als Erste die Sprache wieder. „Irre“, sagte sie. „Das ist einfach irre.“

Störti meinte darauf: „Ich habe alle Sieben Weltmeere befahren und alle Kontinente umsegelt. Aber so etwas wie das hier habe ich noch nie gesehen.“

Ich dachte, es wäre angebracht, die Situation etwas aufzulockern, und machte einen meiner Standardwitze: „Sieht nach einem klassischen Fall für den chinesischen Verlegenheitsminister Wat Nu aus!“

Doch niemand lachte, denn im gleichen Moment piepste Stribbi: „Wo ist eigentlich Meck?“

Alle erstarrten.

Ja – wo war Meck?

Die Antwort war einfach: Meck war weg.

Er war nicht mit uns an diesem riesigen Strand aufgewacht. Das hatten wir in unserer Verwirrung erst einmal gar nicht bemerkt.

„Beim Holzbein meines Schiffskoches – wo ist der Junge?“, schrie Störti und begann sofort, Mecks Namen in alle Richtungen zu brüllen. Wir anderen fielen ein und so riefen wir etwa fünf Minuten lang alle lauthals: „Meck – wo bist du?“ oder: „Wir sind hier, Kumpel!“

Aber es kam keine Antwort. Unser Freund blieb verschwunden.

Niedergeschlagen ließen wir uns einer nach dem anderen auf den weichen Sand fallen. Stribbi kuschelte sich an mich. Horst hockte missmutig bei Bea auf der Schulter und Störti bohrte grummelnd mit seinem Säbel im Sand herum.

„Es nützt ja nichts“, sagte Bea schließlich. „Wir

müssen uns jetzt auf den Weg machen und unseren Kumpel Meck finden.“

„Genau“, sagte ich. „Ein Mitglied der Geister-Gang ist in Not, also muss die Gang handeln!“

„Jawoll!“, rief Störti und sprang auf. „Sehr richtig. Beim Barte des Klabauterhamsters. Entweder suchen wir im Dschungel nach ihm oder –“

Störti hielt unvermittelt inne

und starrte aufs Wasser.
Wir anderen folgten seinem Blick
und sahen nun auch, was unseren
Piratenfreund abgelenkt hatte. Eine Flosse! Und
zwar ganz unverkennbar die eines Hais!

Das Tier pflügte in atemberaubendem Tempo durchs Wasser und kam in großen Bogen immer näher an den Strand heran.

Störti zog seine Pistole.

Der Hai kam näher.

Natürlich wussten wir alle, dass Haie ihr Element

eigentlich nicht verlassen können. Aber in dieser sonderbaren Welt konnte man sich da ja nicht so sicher sein.

Jetzt war der Hai nur noch wenige Meter vom Ufer entfernt. Und dann – ganz plötzlich – schoss sein Kopf aus dem Wasser. Sein Maul öffnete sich. Eine Reihe messerscharfer Zähne kam zum Vorschein.

„Hi“, sagte der Hai.

Wir starrten das Tier verblüfft an.

„Der Fisch spricht“, zischte Bea nach ein paar Schrecksekunden leise.

„Moin, Fischkopp!“, rief Störti schließlich dem – wie es schien – recht freundlichen Hai zu.

„Selber Moin“, antwortete der Hai. „Wie geht's denn so, Leute?“

„Danke, geht so“, sagte Störti. „Hör mal, kannst du uns sagen, wo wir hier sind? Und hast du unseren Freund Meck gesehen – so einen netten, etwas rundlichen Jungen?“

„Also“, antwortete der Hai. „Einen Jungen habe ich tatsächlich gesehen. Ist nicht lange her, da hat er hier allein am Strand gestanden.“

„Was ist mit ihm passiert?“, rief Bea aufgeregt.

„Mit wem?“, fragte der Hai verwirrt.

„Na, mit Meck!“

„Wer ist Meck?“

„Der Junge, der hier am Strand war“, sagte ich ungeduldig.

„Ich hab keinen Jungen gesehen“, antwortete der Hai kopfschüttelnd.

„Aber eben hast du doch gesagt –“, brauste Bea auf.

Doch der Hai hatte die Augen geschlossen. Als er sie wieder öffnete, sah er uns überrascht an.

„Hi“, sagte der Hai. „Wie geht's denn so, Leute?“

„Hi“, sagte ich. „Kannst du uns sagen, wo wir hier sind?“

„Am Strand“, antwortete der Hai weise.

„Und wo ist Meck?“

„Ich kenne keinen Meck. Aber vorhin war ein Junge allein hier am Strand.“

„Weißt du, wo er jetzt ist?“

„Wer?“

„Der Junge!“

„Nee.“

Ich seufzte.

„Vielleicht wissen die Nuscheln ja was“, sagte der Hai.

„Und wo finden wir diese Muscheln?“, fragte Bea.

„Ich kenne keine Muscheln“, antwortete der Hai.

Bea war kurz davor, den Hai anzuspringen und ihm die Augen aus dem Kopf zu kratzen.

„Du hast doch aber gerade eben gesagt, dass die Muscheln vielleicht was wissen“, sagte ich deshalb schnell.

„Worüber?“, fragte der Hai.

„Über Meck!!“

„Wer ist Meck?“

Jetzt war auch ich kurz davor, die Geduld zu verlieren.

„Unser Freund!!!“

„Ach so. Keine Ahnung, ob die Muscheln was wissen. Aber vielleicht fragt ihr mal die Nuscheln.“

„Die *Nuscheln?*“

„Jo“, sagte der Hai. „Ihr müsst richtig hinhören. Und nach ihnen graben.“

„Wo müssen wir nach ihnen graben?“, fragte ich.

Doch der Hai sah uns nur verwirrt an. „Nach wem graben? Sorry, Leute, aber ich bin müde und gehe jetzt schlafen. Bye“, sagte der Hai.

Und damit verschwand der Hai in den Tiefen des Ozeans.

GURKI

Wir starrten alle etwas bedeppert auf die Stelle, an der der Hai abgetaucht war.

„Was zum Teufel meint er mit Nuscheln?“, fragte Bea und schüttelte den Kopf.

„Vielleicht sind das ja so etwas Ähnliches wie Muscheln bei uns«, sagte ich. „Lasst uns einfach mal machen, was der Hai gesagt hat. Lasst uns graben.“

Und ich begann, mit bloßen Händen im weichen Sand zu buddeln.

Bea zuckte nur mit den Schultern und fing ebenfalls an, den Sand zu durchsuchen, und die anderen schlossen sich uns einer nach dem anderen an.

Stribbi buddelte sich am schnellsten mit seinen Pfoten durch den Sand und piepste bereits nach wenigen Sekunden: „Da ist was.“

Ich sprang auf und lief sofort zu ihm. Vor dem Vampirhörnchen lag im Sand ein weißes, halbrundes Ding, das aussah wie eine Muschel. Der einzige, aber ziemlich erhebliche Unterschied zu den Muscheln in unserer Welt war allerdings, dass das Ding hier vor uns unentwegt vor sich hinmurmelte. Man konnte allerdings kaum etwas verstehen.

„Kein Wunder, dass die hier Nuscheln heißen", sagte Störti, der zusammen mit Bea hinter uns getreten war. „Man versteht ja überhaupt nix!"

„Seid doch mal ruhig und hört genau hin", sagte Bea.

Wir lauschten angestrengt und tatsächlich konnte man jetzt mit viel Mühe etwas verstehen. Die Nuschel nuschelte: „Tach ... mmmpf ... Huhu ... grumpf ... Wer seid ihr ... flimpf?"

„Wir sind Menschen aus der Menschenwelt", antwortete Bea. „Und wo sind wir hier?"

„Mmpf ... Frag mal drüben am ... grumpf ... äh ... runden Stein ... Die Mies-Nuschel ... Die weiß alles."

„Entschuldigung, was hast du gesagt?" wollte Bea wissen. Doch die Nuschel schwieg.

„Hat sie ‚Mies-Nuschel' gesagt?“, fragte ich irritiert.

„Klang so“, sagte Störti und stapfte zu einem großen, runden Stein, der rund zwei Meter entfernt am Strand lag, und grub dort mit seinen großen Pranken im Sand.

Und tatsächlich fand er ziemlich schnell eine noch größere Nuschel, die allerdings grünlich schimmerte.

Kaum war sie freigelegt, fing sie an zu nuscheln: „Hmmpf ... Alle blöd ... grumpf ... Alle doof ... Ich auch.“

„Aha, darum heißt sie also Mies-Nuschel – das Ding hat ja mächtig schlechte Laune“, brummte Störti.

Die Mies-Nuschel bebte, leuchtete noch heller, rülpste erstaunlich laut und nuschelte dann: „Absolut richtig, ihr ... mmpf ... grmpf ... unsäglichen

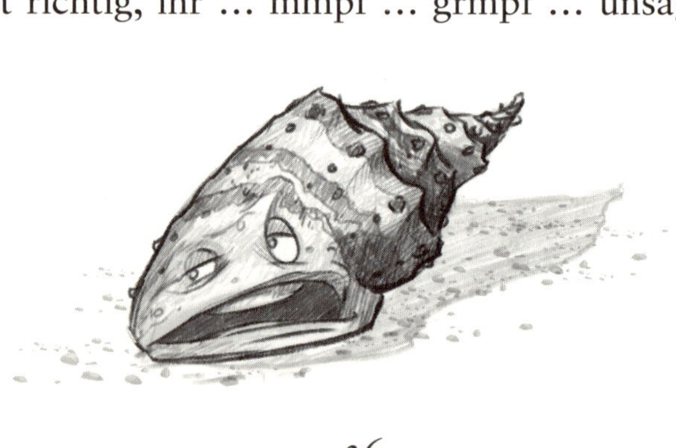

Ruhestörer. Ich bin richtig ... mmpf ... schlecht drauf."

„Kannst du uns denn trotzdem sagen, wo wir hier sind, liebe miese Nuschel?", fragte ich sie vorsichtig.

„Kann ich", antwortete die Mies-Nuschel. „Will ich ... grmpf ... aber nicht."

„Ach bitte, liebes Nuschelchen", säuselte Bea und streichelte die Schale der Nuschel.

Die Mies-Nuschel wurde rot.

„Na gut ... mmmpf ...", nuschelte das Schalentier. „Ihr ... umpf ... bedauernswerten Geschöpfe ... grmmpf ... befindet euch am Rande des ... schlmmpf ... Teufelsmeeres."

„Oje", antwortete Bea. „Das klingt ziemlich unheimlich. Und ... leben in diesem Teufelsmeer auch irgendwelche gefährlichen Wesen?"

Die Mies-Nuschel nickte heftig.

„Welche zum Beispiel?", fragte Bea besorgt.

„Na, ich zum Beispiel", ertönte da plötzlich eine Stimme hinter uns aus dem Wasser.

Wir alle sprangen vor Schreck ein Stück zurück.

Störti zog seinen Säbel, starrte ins Wasser und fing dann an zu lachen.

„Siehst ja echt gefährlich aus“, kicherte er.

Die Stimme gehörte nämlich zu einer dicken grünen Seegurke, die im flachen Wasser trieb. Sie hatte auf jeder Gurkenseite ein Auge und an der Spitze einen winzigen Mund. Langsam schob sie sich aus dem Wasser.

„Wer bist du?“, fragte ich.

„Maxima Gurkumawatz die Erste. Hochwohlgeborene Seegurke aus dem Geschlecht der Gurkentotenkopfsalatschleudern. Aber ihr könnt mich Gurki nennen. Macht sowieso jeder hier.“

„Gurki, sag mal, hast du diesen Jungen schon mal gesehen?“

Bea hielt der Seegurke ihr Handy vors Gurkengesicht. Auf dem Display war ein Foto von Meck zu sehen.

„Na klar“, sagte Gurki. „Der tauchte kurz vor euch aus dem Nichts hier am Strand auf. Aber dann kamen die Untoten Hosen und haben ihn verschleppt.“

„Teufelsbrut! Die mach ich fertig!", schrie Störti, riss seine Pistole aus dem Gürtel und schoss damit in die Luft.

Der Knall war ohrenbetäubend. Aus dem Urwald kam das Echo des Schusses zurück.

Kurz darauf hörte man ein Knacken und Rascheln aus dem Wald.

Danach war alles still. Totenstill.

Gurki starrte Störti empört an. „Mann, du kannst aber ganz schön viel Lärm machen, Pirat", sagte sie.

„Störti", bemerkte ich vorsichtig, um meinen Piratenfreund nicht zu beleidigen, „deine Entschlossenheit in allen Ehren, aber in der Gegend rumzuballern bringt uns jetzt irgendwie nicht weiter. Was wir brauchen, sind Informationen über Meck."

„Hast ja recht, Matrose", brummte Störti leicht verlegen. „Dann erzähl mal, Gurki. Wer sind diese Untoten Hosen und was wollen die von unserem Freund?"

„Das sind Zombies", antwortete die Gurke. „Eine ganze Armee. Sie hausen drüben auf der anderen

Seite des Meeres. Und sie lieben es, andere Wesen zu entführen. Und dann verlangen sie Lösefleisch."

„Was?", rief Bea verdutzt und entsetzt zugleich.

„Fischfilets, Schweinebraten, Hamsterkeulen, Dorsch-Döner, Forellen-Falafel. Was die Leute eben gerade so haben. Das essen sie und dann lassen sie die Gefangenen frei. Aber manchmal auch nicht. Und manchmal wollen sie auch kein Fleisch, sondern lassen die Gefangenen irgendwelche fiesen Sachen machen."

„Und wie kommt man hin zu diesen Hosen?" fragte Bea.

„Man muss über das Teufelsmeer segeln. Mit Booten", antwortete Gurki. „Ewas weiter nördlich, nahe des großen Felsens, liegt eines. Das ist das Notschiff der Zombies, falls mal eines kaputtgeht. Man fährt immer geradeaus und dann kommt man zu den Untoten Hosen. Wenn man die eine oder andere verzwickte Aufgabe gelöst hat."

„Toll", piepste Stribbi, „Boot fahren! Ich will Boot fahren!"

Und Horst nickte heftig dazu und machte vor Freude einen doppelten Looping.

DIE REISE BEGINNT

Ich wollte Gurki gerade fragen, was das denn für Aufgaben seien, die man auf dem Weg zu diesen Zombies zu lösen hätte, als plötzlich aus dem Urwald ein lautes Krachen zu vernehmen war.

Alle Köpfe ruckten herum.

Was wir sahen, war auf den ersten Blick so bizarr, dass ich fast lachen musste. Aber nur fast, denn ich bekam im gleichen Moment auch richtig Angst. Das Krachen kam nämlich von einem Wesen, das sich seinen Weg durch das Unterholz auf den Strand hinaus gebahnt hatte und am Waldrand erst einmal laut knurrend stehen blieb. Es war die merkwürdigste Kreatur, die ich je gesehen hatte: Auf zwei stummeligen, kurzen Beinchen ragte eine Art Sack mit zwei Augen und einem ziemlich großen Maul in den Himmel. Das Ding war etwa dreieinhalb Meter hoch, fing jetzt an zu grunzen und zu brüllen und ließ immer wieder seine dicke rote Zunge aus dem Maul herausschnellen.

„Ein Fresssack“, sagte Gurki. „Unangenehme Typen sind das.“

Und als ob der Fresssack diese Beleidigung gehört hätte, riss er sein Maul auf und stürmte kreischend in unsere Richtung los.

Störti zog seinen Säbel, schrie: „Attacke!“, und rannte nun seinerseits auf den geifernden Sack zu. Der stoppte abrupt, klappte das Maul zu, drehte sich um und verschwand wieder im Urwald.

„Es geht doch nichts über eine beherzte Attacke“, sagte Störti grinsend und kam wieder zu uns zurück.

Alle lachten erleichtert.

Bis es wieder krachte.

Und zwar deutlich lauter als eben noch.

Unter lautem Gebrüll brachen nun zwölf Fresssäcke aus dem Unterholz hervor und machten sich daran, mit ihren kurzen Stummelbeinen in unsere Richtung zu laufen.

„Gurki“, sagte Bea mit vor Schreck aufgerissenen Augen und ging rückwärts. „Wo, sagtest du, lag noch mal dieses Ersatzschiff der Untoten Hosen?“

„Na, da hinten bei diesem Felsen!“, antwortete die Seegurke und zeigte mit einem winzigen Ärmchen nach Norden.

„Dann los“, rief Bea. „Rennt um euer Leben! Störti, du auch! Wir können keinen Kampf riskieren. Wir müssen an Meck denken!“

Und dann lief sie los. Wir anderen taten das Gleiche.

Nur Störti blieb noch einen kleinen Moment stehen, starrte die näher kommenden Fresssäcke an, zuckte mit seinen breiten Schultern, murmelte: „Na schön“ und rannte uns hinterher.

Wir waren zum Glück schneller als die Fresssäcke auf ihren kurzen Beinchen und hatten bald einen ordentlichen Vorsprung. Aber sie verfolgten uns hartnäckig weiter. Nach etwa zwei Minuten hatten wir den Felsen erreicht, auf den Gurki gedeutet hatte. Und tatsächlich: In einer kleinen Bucht lag ein winziges Segelboot, das an einem langen Steg festgemacht war.

„Ist zwar eine mickrige Nuckelpinne“, brummte Störti, „aber besser als nix. An Bord mit euch, ihr Landratten!“

Und ohne groß zu überlegen, sprang einer nach dem anderen von uns an Bord.

Die Fresssäcke waren nur noch etwa hundert Meter entfernt und kamen schnell näher. Störti begann, die Segel zu hissen, und rief mir zu, dass ich das Seil, mit dem das Boot an einem Poller festgemacht war, lösen sollte. Ich sprang zurück auf den Steg und versuchte es. Aber der Knoten war sehr fest gebunden. Ich konnte ihn einfach nicht lösen. Bea kam mir zu Hilfe, aber auch zu zweit schafften wir es nicht.

Die Fresssäcke kamen bedrohlich näher. Der erste, der anscheinend schneller als die anderen war, hatte schon den Steg erreicht und stürmte auf uns zu. Die Planken knarzten und knackten bedrohlich unter seinem Gewicht.

„Störti!“, schrien Bea und ich gleichzeitig, aber ehe unser Piratenfreund reagieren konnte, hüpfte plötzlich etwas Grünes aus dem Wasser und landete direkt vor den Stummelbeinen des Fresssacks. Der

konnte nicht mehr ausweichen, trat darauf, rutschte aus, fiel der Länge nach hin und plumpste ins Wasser, wo er schreiend unterging.

„Gurki!“, rief ich erleichtert, als ich das grüne Etwas erkannte. Unser neuer Freund hatte uns gerettet. Aber die anderen Fresssäcke kamen schnell näher.

Störti sprang jetzt ebenfalls auf den Steg, hieb das Seil mit seinem Säbel durch und packte die Seegurke. „Los, Kinder, schnell an Bord!“, rief er uns zu.

Wir hüpften alle ins Boot, das sofort von einem kräftigen Windstoß seewärts getrieben wurde.

Die Geister-Gang war auf Seereise.

Die Fresssäcke standen nun schimpfend und schreiend am Ufer. Stribbi rief ihnen wüste Beschimpfungen zu und Horst flog noch einmal zurück, um eine Runde über ihren Köpfen zu drehen. Dabei pinkelte er einem Fresssack auf den Kopf, bevor er wieder an Bord kam.

Störti steuerte das Schiff, wir anderen standen alle um Gurki herum.

„Hast du dir wehgetan?“, fragte Bea die Gurke besorgt.

„Ach was“, antwortete Gurki und streckte sich. „Hat nur ein bisschen im Rücken gezwiebelt, als der Fettwanst da drauf getreten ist. Alles in Butter auf'm Kutter!“

„Äh“, stammelte ich, „du hast ja Beine!“

Erst jetzt bemerkten wir, dass Gurki links und rechts an den Gurkenseiten kleine Beinchen hatte – wie ein Tausendfüßer.

„Na klar doch“, sagte Gurki und grinste. „Ich bin eine Amphibiengurke. Und im Übrigen habe ich beschlossen, dass ich euch gern auf eurer großen Fahrt begleiten würde. Das scheint ja spannend zu werden mit euch.“

„Willkommen in der Geister-Gang“, sagte ich feierlich und alle klatschten.

Nur Störti brummte leise: „Gute Güte, jetzt nehm ich schon Gurken in meine Mannschaft auf. Wo soll das noch enden?“

EINE NACHRICHT

Wir nahmen schnell Fahrt auf. Das Segelboot glitt ohne Probleme durchs Wasser.

„Was für'n Spaß, mal wieder am Steuerrad zu stehen!", rief Störti fröhlich.

Der Wind zerzauste sein langes Haar und wir sahen, dass unser Piratenfreund ganz in seinem Element war.

Bald waren der Strand und die fluchenden Fresssäcke auf dem Steg nur noch als winzige Punkte hinter uns zu erkennen.

„Sag mal, Gurki", fragte Bea nach einiger Zeit, „kennst du eigentlich den genauen Weg zu diesen Untoten Hosen?"

„Immer geradeaus", antwortete die Seegurke. „Bis wieder Land in Sicht ist."

„Na, das nenne ich mal eine klare Ansage", brummte Störti und grinste bis über beide Ohren.

Überall war nur Wasser um uns herum. Ich starrte hinein ins Meer und wunderte mich immer wieder über die Wesen, die ich ab und an darin sah. Einmal erhaschte ich einen Blick auf einen langen Fisch mit Hörnern, der ein Euter an der Unterseite zu haben schien.

„Das ist eine Muh-Räne", erklärte Gurki, als ich sie danach fragte. „Das ist eine Kreuzung aus Fisch und Kuh. Die geben leckere Milch, können aber ganz schön zubeißen. Man muss ihnen Schlaflieder vorsingen, dann kann man sie melken."

„Echt abgefahren", sagte Bea kopfschüttelnd. „Und was ist das da hinten?"

Sie zeigte auf einen großen Schwarm rechteckiger Wesen.

„Das sind Fischstäbchen", antwortete Gurki. „Die kann man nach dem Fangen direkt in der Pfanne braten."

„Lecker!", antwortete ich. „So langsam bekomme ich Hunger …"

„Kein Problem“, sagte Gurki. Sie beugte sich über die Reling unseres Bootes und rief laut zum Wasser: „Einmal Sushi von Uschi, bitte!“

Und wenig später tauchte ein langer Arm mit einem Tablett aus dem Wasser auf. Darauf lag eine große Portion lecker zubereitetes Sushi: Lachs und Thunfisch eingewickelt in Algen und Reis.

Bea probierte vorsichtig, lachte und rief: „Haut rein, Leute, das ist wirklich lecker!“

Das tat ich dann auch. Selbst Stribbi und Horst knabberten an einem Stück Sushi.

„Irre“, sagte ich zu Gurki. „Du rufst da einfach ‚Einmal Sushi von Uschi‘ ins Wasser und schon kommt das Essen? Wie funktioniert das? Und wer bezahlt das?“

„Ich lass anschreiben und zahle am Ende des Jahres mit Bernstein, den ich am Strand sammele. Uschi ist eine Meerjungfrau, die wirklich toll kocht. Sie ist die einzige Drei-Sterne-Köchin im Teufelsmeer und –“

Weiter kam Gurki nicht, denn auf einmal klingelte Beas Handy.

Wir standen alle da wie vom Donner gerührt.

Wie konnte das sein?

Aber kein Zweifel – das Handy klingelte.

Bea starrte auf das Display und stammelte ungläubig: „Das … das ist Meck!"

„Dann geh ran!", rief ich. „Was soll schon passieren?"

Bea nickte und tippte auf *Anruf annehmen*.

Alle starrten gebannt auf ihren Bildschirm und da war er plötzlich zu sehen: Meck! Unser Kumpel! Er hatte seine Kamera im Selfie-Modus eingeschaltet und guckte etwas verängstigt, aber offensichtlich unverletzt in die Kamera.

„Hallo? Bea?", fragte er.

„Meck, Meck!", rief Bea aufgeregt. „Wir sind hier. Wir alle. Wir suchen dich! Wo bist du?"

„Ich wurde entführt", antwortete Meck. „Ich hocke in einem Holzkäfig. Aber ich bin schon in Ordnung. Mir tut hier keiner was, aber ich weiß nicht, wie lange das noch so bleibt. Ich –"

„Los jetzt", ertönte da im Hintergrund auf einmal eine schnarrende Stimme. „Halte diese komische

Kammer-Dingsda auf mich. Ich will mit deinen Freunden reden."

Die Kamera bewegte sich, das Bild wackelte. Man sah die Umrisse von Bergen, kurz den Himmel und dann schwenkte Meck die Kamera auf ein sonderbares Wesen, das vor einer Mauer stand. Wir sahen einen groß gewachsenen, sehr bleichen Mann mit einer verrosteten Krone auf dem etwas angefressen aussehenden Kopf. Er trug eine Art Uniform, die ihm in Fetzen vom Leib hing. Er sah ziemlich tot aus, schien sich aber soweit bester Gesundheit zu erfreuen.

„Ein Zombie", stöhnte ich.

„Genau!" rief die Gestalt. „So ist es. So nennt man uns. Ich darf mich vorstellen – mein Name ist Verwesius der Erste, König der Untoten Hosen. Wenn ihr bitte hier mal schauen wollt."

Meck schwenkte die Kamera etwas nach links. Ein Durchbruch in der Mauer gab den Blick frei auf einen großen Platz, auf dem Tausende weiterer Zombies standen. Sie streckten irgendwelche undefinierbaren, verrosteten Waffen in die Luft und als die Kamera auf sie gerichtet war, grölten sie laut los:

„Hoch lebe Verwesius der Erste, unser morscher König! Gammel und Schimmel mögen ihn sein ganzes Nachleben lang begleiten. Hoch lebe Verwesius, König der Untoten Hosen!“

Eben dieser König trat nun wieder ins Bild und stellte sich vor die Zombie-Horde. „Meine Männer haben mir absoluten Kadaver-Gehorsam geschworen“, sagte er feierlich, als das Gegröle verstummt war. „Sie würden für mich ihr Leben geben, wenn sie nicht schon tot wären. Egal, kommen wir nun zur Sache. Wir haben – wie ihr seht – euren kleinen dicken Freund entführt und halten ihn gefangen. Noch behandeln wir ihn anständig. Aber das wird nicht lang so bleiben. Wenn ihr ihn zurückhaben wollt, gibt es nur eine Möglichkeit: Kommt zu mir in mein Toten-

reich und ergebt euch dem großen, mächtigen SCHLUND. Dann lassen wir euren Freund frei und der SCHLUND wird über euer weiteres Schicksal entscheiden. Tut ihr dies nicht, stirbt der Dickwanst."

Nach dieser unmissverständlichen Ansage standen wir alle nur da und starrten ungläubig auf Beas Handy.

Dann trat Störti zu Bea. „Halt das Ding mal auf mich."

Bea tat es und Verwesius sah auf Mecks Handy nun unseren Piratenfreund.

„Hör mir gut zu, du dämliche Dörrfleisch-Gammellappen-Vogelscheuche. Wenn du es wagst, unserem Freund auch nur ein Haar zu krümmen, dann werde ich dich jagen und zwar für alle Zeiten. Ich bin Klaus Störtebeker, König der Piraten. Und ich mach dich fertig, du halb verwestes Stück Schweinebacke. Ich –"

„Ja, ja, beschimpf du mich nur", unterbrach ihn Verwesius der Erste lachend. „Tatsache ist: Wir haben deinen Freund und du wirst kommen und dich ergeben. Auch wenn du dich noch so aufregst. So, und jetzt Schluss. Mach das Ding aus, Dickerchen."

Und der Bildschirm wurde schwarz.

Wir standen schweigend an Bord unseres Bootes. Nur das Plätschern der Wellen, die sanft gegen den Rumpf schlugen, war zu hören.

„Was nun?" fragte ich schließlich.

„Na, was schon?", antwortete Bea. „Wir fahren da hin und versuchen, Meck rauszuholen."

„So machen wir das", brummte Störti und griff entschlossen zum Steuerrad. „Ich werde diesem Schrumpfkopf schon klarmachen, wer der Stärkere ist."

„Alles klar", antwortete ich und versuchte, tapfer zu klingen. „So wird's gemacht." Aber ich spürte, wie die Angst in mir hochkroch.

„Der müllige Mann war echt doof", meinte Stribbi und sprang auf meine Schulter.

„Ja, ein wirklich unangenehmer Kerl", sagte Gurki. „Ich hatte bisher noch nie das Vergnügen, ihn zu treffen. Aber jetzt ist es wohl bald so weit."

Ich nickte stumm.

Das Boot fuhr weiter auf das offene Meer hinaus.

Niemand sprach mehr ein Wort.

Was würde uns im Land des untoten Königs Verwesius erwarten?

DIE SCHLACHT DER ZWEI HEERE

Nach ungefähr vier Stunden Fahrt auf der scheinbar endlosen Weite des Meeres entdeckten wir am Horizont endlich Land.

„Hafen in Sicht, Matrosen", brummte Störti kurze Zeit später und hielt auf eine Bucht zu, die sich nach und nach aus dem Nebel schälte, der das Land umgab. Wir kamen schnell näher und erkannten jetzt eine felsige Küste. Deutlich zu sehen war ein Steg, der weit ins Wasser ragte und perfekt zum Anlegen geeignet war.

„Da machen wir fest", sagte Störti und steuerte auf unsere Anlegestelle zu.

„Was ist denn das?" fragte Bea überrascht, als wir näher kamen.

Wir sahen alle, was sie meinte. Der Steg wurde von

sehr vielen Quallen belagert. Aber sie waren nicht nur im Wasser, sondern hatten sich auch in großer Zahl auf dem Steg selbst festgesaugt. Doch am seltsamsten war, dass sie Gesichter, Arme und Beine hatten und winzige Stiefelchen am Ende ihrer Tentakel trugen.

Und sie waren offenbar sehr schlecht gelaunt.

In ihren Tentakel-Ärmchen schwenkten sie Waffen wie Speere und Äxte und machten wüste Gesten in unsere Richtung. Eine besonders hässliche Qualle riss ihren schleimigen Mund auf und fing an, uns zu beschimpfen: „Haut ab! Hier könnt ihr nicht anlegen. Wir sind Tausende! Ihr seid nur ... äh ... Moment, ich muss kurz zählen." Die Qualle deutete stumm mit einem ihrer Ärmchen nacheinander auf uns und rief dann: „Ihr seid nur zu sechst! Und das Schlimmste ist: Ihr habt eine Seegurke an Bord! Wir hassen Seegurken. Also verschwindet! Wir machen euch fertig. Weg mit euch!"

Störti richtete sich zu voller Größe auf und donnerte mit seiner tiefen Stimme zurück: „Wer wagt es, ein Mitglied meiner Mannschaft zu beleidigen? Ihr

Glibbertypen kriegt gleich richtig Ärger mit mir. Ich werde –"

„Schon gut", unterbrach ihn Gurki und trippelte nach vorn in den Bug unseres Bootes. „Das ist meine Sache. Das muss ich selber klären. Diese Qualle versteht nämlich nur eine Sprache. Und die heißt: Gurke gegen Qualle."

Und dann stieß Gurki einen lang gezogenen, hellen Pfiff aus. Wenige Augenblicke später begann das Meer um uns herum zu brodeln. Staunend sahen wir, wie sich auf einmal Tausende von anderen Seegurken aus dem Wasser erhoben und sich mit entschlossenen Gesichtern um uns herum versammelten. Sie waren einfach überall: Sie trieben im Wasser, krochen auf den Strand, hockten auf den Felsen und umzingelten den Steg. Und sie hielten ebenfalls Waffen in ihren kleinen Händen.

„Meine Gurkentruppe", sagte Gurki stolz.

„Krieg!", schrie die Qualle, die Gurki eben noch beschimpft hatte. Sie und ihre glibberigen Gefolgsleute zogen sich schnell zurück. Die Quallen sprangen aus dem Wasser und trippelten einen Hang hinauf, hinter dem sie verschwanden. Kurz darauf hörten wir ein dumpfes Grollen.

Und dann sahen wir es: Eine ganze Armee bewaffneter Quallen marschierte auf und formierte sich auf dem Hügel.

„Nach links auf den anderen Hügel, Leute“, befahl Gurki ihren Gurken.

„Was soll das bloß werden?“, fragte ich staunend.

„Ich schätze, wir werden jetzt Zeuge einer großen Schlacht“, sagte Störti.

Tatsächlich gingen jetzt vor uns auf den beiden lang gezogenen Hügelketten zwei große Armeen in Stellung. Gleich würden Gurken und Quallen sich erbittert bekämpfen. Doch noch herrschte gespenstische Stille. Es war ein seltsamer Anblick.

Gurki trat vor ihre Truppe. Eine der anderen Seegurken reichte ihr einen Hut. Es war ein Dreispitz, wie ihn auch Napoleon getragen hatte. Gurki setzte den Hut auf, während sich die Chef-Qualle auf der anderen Seite eine Art Stahlhelm über ihren Quallenkopf stülpte.

„Soldaten!“, rief Gurki. „Wir Seegurken wurden

zutiefst beleidigt! Wollen wir das etwa einfach so hinnehmen?“

„Nein!“, kam es tausendfach aus dem Gurkenheer zurück.

„Einige von uns“, fuhr Gurki fort, „werden nach dieser Schlacht Gurkensalat sein. Aber wir haben keine Alternative. Diesen vorlauten Schleimviechern muss endlich Einhalt geboten werden!“

Donnernder Applaus.

Nun sprach auch die Chef-Qualle auf der anderen Seite der Hügelkette zu ihren Leuten. „Liebe Glibberfreunde, diese Progurkation ist wirklich das Allerletzte! Diesen hässlichen grünen Dingern werden wir es zeigen!“

Ebenfalls tosender Applaus.

Gurki und die Chef-Qualle schritten nun jeder ein Stück höher den Hügel hinauf wie Feldherren. Gurki streckte ein Ärmchen aus. Die Qualle überlegte noch kurz, zog dann aber den Stiefel von einem ihrer Tentakel und schüttelte ihrer Gegnerin die Hand. Dann drehten sich beide um und kehrten zu ihren Soldaten zurück.

Die Truppen standen sich in gespannter Erwartung gegenüber.

Ein Knall ertönte von irgendwo her und die beiden Armeen rannten waffenschwingend und lauthals kreischend los.

„Ich kann's gar nicht mit ansehen", sagte Bea, schaute aber doch hin, weil sie wissen wollte, was nun geschah.

Gurken und Quallen trafen unter gewaltigem Getöse aufeinander. Es wurde erbittert gekämpft. Wir konnten in dem allgemeinen Gewimmel kaum etwas erkennen, aber etliche Quallen und Gurken gingen zu Boden. Keine der Seiten schien überlegen zu sein. Da ertönte plötzlich eine Trompetenfanfare von oberhalb des Hügels. Gurki machte ein Handzeichen und kurz darauf sahen wir eine Horde übergroßer Meerschweinchen, die über den Hügelkamm galoppiert kam. Auf ihren Rücken saßen bewaffnete Gurken. Diese Kavallerie griff das Quallenheer nun von der Seite an.

Das Blatt schien sich zu wenden. Die Quallen wichen zurück. Die Gurken drangen vor.

Ein mehrstimmiges Kreischen drang vom Meer herauf. Der Himmel verdunkelte sich. Wir schauten auf und erkannten Hunderte von Möwen. Und auf jeder einzelnen hockte eine axtschwingende Qualle.

„Krass“, sagte ich. „Die Luftwaffe der Quallen.“

Der Lärm wurde ohrenbetäubend. Berittene Seegurken, Möwengeschwader und die Bodentruppen beider Heere lieferten sich haarsträubende Gefechte.

Stribbi war vom Anblick der Kämpfe wie gefesselt. „Da werden aber viele hinterher ganz schön Aua haben“, sagte das Vampirhörnchen.

„Da hast du recht“, antwortete Bea. „Ich hoffe, dass das bald vorbei ist. Und dass unsere Gurkenfreunde gewinnen.“

Aber es war unmöglich abzuschätzen, ob nun die Gurken oder die Quallen die Oberhand hatten.

Doch dann wurde auf einen Schlag alles anders, als ein sehr lauter Pfiff ertönte. Sämtliche Soldaten beider Seiten hielten sofort inne und senkten ihre Waffen. Alle vermeintlich toten oder verletzten Gurken und Quallen standen auf einmal wieder auf und schienen sich wieder bester Gesundheit zu erfreuen.

Das war doch nicht möglich! Gerade wollte ich Bea fragen, ob sie sich das erklären konnte, aber da nahmen Gurki und die Chef-Qualle jeweils Dreispitz und Helm ab und blickten mit ihren Truppen gespannt zu einem großen Felsen, der nahe dem Ufer aus dem Wasser ragte. Darauf saß ein Seestern. Er wirkte sehr vornehm, trug einen Bart und einen Anzug. Der Seestern hatte offenbar den lauten Pfiff ausgestoßen, denn er nahm sich mit einem seiner Arme die Pfeife aus dem Mund, blickte auf den Notizzettel, den er im anderen Arm hielt, und sagte dann mit feierlicher Stimme: „Liebe Gurken und Quallen, wie euch allen zweifelsohne bekannt ist, bin ich, Ronaldo Markus Longus, offiziell als Schiedsrichter der zwei Wasserwelten vereidigt. Nach genauer Beobachtung und überaus objektiver Betrachtung des Kampfgeschehens und telefonischer Rücksprache mit dem ehrwürdigen Sportgerichtspräsidenten Schwitti Schwitalla erkläre ich den Kampf hiermit für beendet. Das Ergebnis lautet … unentschieden!"

Jubel brandete auf dem Schlachtfeld auf. Gurken und Quallen fielen sich in die Arme. Man hörte Sätze wie: „Faire Entscheidung!“, „Sehr gutes Ergebnis!“, „Nichts dran auszusetzen an der Schiedsrichterentscheidung!“ oder „Wieder mal eine saubere Sache!“

Störti, Bea, Horst, Stribbi und ich waren fassungslos. Eben hatten sich Gurken und Quallen noch bis aufs Blut bekämpft, und nun waren auf einmal alle Freunde?

Schließlich kam Gurki zurück zu uns aufs Boot gehüpft und erklärte uns die ganze Sache.

„Also“, sagte sie. „Das machen wir jedes Jahr einmal. Wir nennen das ‚Die Schlacht der zwei Heere‘ und sie geht immer unentschieden aus. Das ist Tradition.“

„Aber was soll das?“, fragte ich verwirrt. „Wozu ist das gut?“

„Na, das ist ein großes Fitnessprogramm“, antwortete die Seegurke. „Damit wir alle schön gesund und geschmeidig bleiben. Stimmt's, Leute?“, rief sie den Gurken und Quallen zu, die sich am Strand nun erst einmal richtig begrüßten.

Ein vielstimmiges „Jawoll!“ kam von allen Seiten zurück.

„Bewegung ist gesund“, ergänzte Gurki noch.

Nun kam auch die Chef-Qualle zu uns getrappelt, stellte sich freundlich als Glibbi Glibsch vor und sagte: „Nichts für ungut, Leute. War nicht böse gemeint am Steg eben. Ich hab mich so gefreut, Gurki zu sehen, dass ich einfach nicht anders konnte. Wir haben alle immer einen Heidenspaß an dieser alljährlichen Schlacht. Ist halt ein cooles Schauspiel. Ihr könnt jetzt selbstverständlich anlegen. Der Steg ist frei.“

Und das taten wir dann auch.

Nachdem Störti unser Segelboot festgemacht hatte, setzten wir uns alle auf den weichen Sandboden des Strandes, um zu beratschlagen, wie es nun weitergehen sollte.

Einige der Seegurken und Quallen hatten sich zu uns gesellt und schnell entwickelte sich eine rege Unterhaltung. Schließlich kam auch der Seestern dazu. Er war ein ziemlich schlaues, wenn auch betagtes Exemplar seiner Gattung und schien über die Welt, in der wir uns befanden, so einiges zu wissen.

„Die wichtigste Frage“, sagte Bea, „ist diese hier: Wie, lieber Herr Longus, kommen wir zu den Untoten Hosen?“

„Ui“, antwortete der Seestern.

„Uiuiui“, sagten jetzt auch die Quallen.

„Ähm, und was soll das heißen, dieses ‚Ui‘?“, grummelte Störti.

„Das soll heißen“, antwortete der Seestern ausweichend, „dass ihr euch da ziemlich viel vorgenommen habt.“

„Wie meinst du das?“, fragte ich.

„Nun“, sagte der Seestern, „die Sache ist die: Ihr müsst etwa eine Stunde lang da vorn hinter dem großen Felsen immer geradeaus gehen. Dann werdet ihr einen langen, engen Weg sehen, der durch eine Schlucht führt. Diesem Weg müsst ihr folgen. Und dann begegnet ihr ihm.“

„Ihm?“, brummte Störti. „Wem begegnen wir?“

„Seht selbst“, antwortete der Seestern. „Ich mag nicht mal seinen Namen sagen.“

Mehr war aus dem Seestern einfach nicht herauszukriegen.

Die Quallen schwiegen ebenfalls.

Und auch unsere Freundin Gurki wusste nichts Genaueres über das Wesen, das uns dort erwartete.

Also machten wir uns auf den Weg.

IN DER FELSENSCHLUCHT

Gurki blieb bei uns und trippelte mit ihren kurzen Beinchen fleißig neben uns her.

Der Weg führte durch eine felsige Landschaft. Es waren nur wenige Geräusche zu hören und schließlich verebbte auch das Rauschen des Teufelsmeeres, das nun weit hinter uns lag. Die Sonne ging langsam unter und tauchte die karge Umgebung in ein sonderbares Zwielicht. Niemand von uns sprach. Wir marschierten einfach in gespannter Erwartung weiter.

„Da vorn“, piepste Stribbi schließlich und deutete mit der Pfote auf das Felsmassiv, das sich allmählich aus dem Halbdunkel schälte.

Wir gingen vorsichtig näher heran. In den Fels war ein Torbogen geschlagen, hinter dem ein schmaler Weg in die Dunkelheit führte.

„Verehrte Mitglieder der Geister-Gang“, sagte Störti feierlich. „Hier wartet ein weiteres Abenteuer auf uns. Wer ist bereit für die Wanderung durch die Schlucht?“

„Ich!“, riefen Horst und Stribbi gleichzeitig.

„Bin dabei“, sagte Gurki.

Bea und ich nickten nur stumm. Es war klar wie Kloßbrühe: Wir hatten Angst. Wem würden wir in der Schlucht begegnen? Und konnte uns Störti vor ihm beschützen?

Aber wir folgten unserem Piratenfreund, der nun entschlossen durch das Tor trat.

Die Finsternis umfing uns. Störti tastete sich vor und rief dann: „Das ist eine Art Tunnel. Aber da hinten wird es schon wieder heller.“

Und tatsächlich standen wir schon nach wenigen Sekunden auf einem engen Pfad, der links und rechts von gigantischen Felswänden gesäumt wurde. Weit oben am Himmel sah man das Zwielicht der untergehenden Sonne, das den Pfad in diffusem Licht leuchten ließ. Und dieser Pfad schien mitten durch das Bergmassiv zu führen.

„Na, denn man los", sagte Störti und stapfte ins Ungewisse. Und wir hinterher.

Eine Zeit lang passierte gar nichts. Wir latschten einfach immer weiter geradeaus, bis wir plötzlich ein merkwürdiges Rumpeln und Poltern über uns hörten.

„Lauft! Schnell!", rief Horst, der bereits erkannt hatte, was vor sich ging: Ein riesiger Felsbrocken, der über einen Vorsprung ragte, bewegte sich wie von Geisterhand und stürzte mit lautem Krachen mitten auf den Pfad. Er landete genau an der Stelle, an der wir gerade noch gestanden hatten.

„Na, sauber", sagte ich. „Der Rückweg ist blockiert. Das Ding hat den Pfad passgenau verschlossen."

„Zurück will ja sowieso keiner", sagte Störti, grinste und ging weiter. Und wir taten das Gleiche.

Schließlich wurde der Pfad breiter.

„Da, schaut mal", sagte Bea leise und deutete auf die Felswand. In den Felsen war eine gewaltige Höhle geschlagen worden.

„Was da wohl drin sein mag?", sagte ich leise.

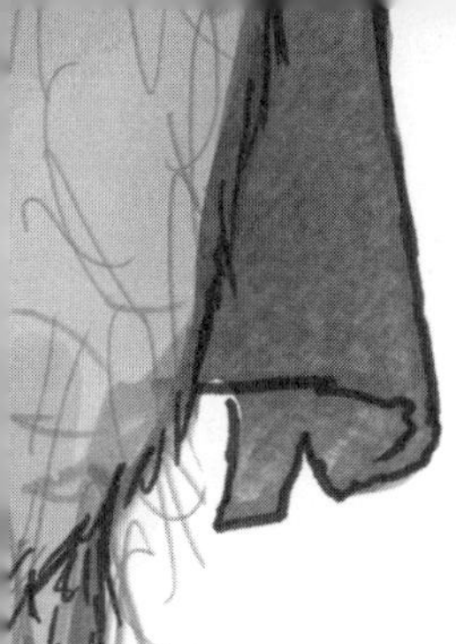

„Ein kleiner Frosch wird es wohl nicht sein“, rief Störti laut. „Am besten, wir gucken –“

Er verstummte.

Und wir alle erstarrten.

Aus der Höhle drang ein Grollen und Stampfen und nur einen Augenblick später trat eine riesige Gestalt aus der Höhle.

Es war offenbar ein Mann, denn er trug einen Bart. Er hatte mächtige Arme und Beine und einen Umhang über die Schultern gelegt. Der Riese war mindestens zwanzig Meter groß und das Auffälligste an ihm war, dass er nur ein Auge mitten auf der Stirn hatte. Außerdem war er wahnsinnig dick. Ein gigantischer Bauch quoll aus seinem Hosenbund.

Kaum dass wir den Giganten gesehen hatten, versteckten wir uns alle in den zahlreichen Spalten der Felswände und keiner machte mehr einen Mucks.

„Wer ist da?“, rief der Riese mit dröhnender Stimme und blinzelte mit seinem Auge.

Offenbar konnte er nicht sehr gut sehen.

„Das ist ein Zyklop“, flüsterte ich leise zu Bea, die in der Felsspalte neben mir kauerte. „Wir lesen gerade die *Odyssee* in der Schule. Da geht's um den Griechen Odysseus und seine Abenteuer nach dem Trojanischen Krieg. Und da kommt so ein Riese vor.“

„So dick wie der ist, würde ich ihn eher Zy*klops* nennen“, flüsterte Bea zurück und kicherte.

„Wer ist da?“, schrie der Riese jetzt noch lauter und starrte angestrengt in unsere Richtung.

Dann bückte er sich, nahm einen mittelgroßen Felsbrocken in seine riesige Hand und schleuderte ihn in unsere Richtung. Wir drückten uns noch weiter in die Felsspalten hinein. Krachend donnerte der Felsbrocken ein paar Meter neben uns gegen die Wand.

„Ich will jetzt wissen, wer da ist!“, schrie der Riese wieder.

Und auf einmal hatte ich eine Idee. Ich trat ein kleines Stück aus meiner Felsspalte hinaus und rief: „Niemand ist hier.“

Bea japste vor Schreck nach Luft. „Was tust du denn?“, zischte sie mir zu.

„Keine Sorge, ich weiß, was ich tue“, gab ich leise zurück.

„Niemand?“, fragte jetzt der Riese und runzelte seine dicke, hässliche Stirn.

„Ja, niemand“, sagte ich.

„Ach so, dann ist es ja gut. Ich dachte schon, da wäre jemand“, brummte der Gigant, kratzte sich nachdenklich am Kopf und trottete wieder in seine Höhle zurück.

„Odysseus trifft auch auf einen Zyklopen“, erklärte ich, als ich Beas fragenden Blick bemerkte. „Und er hat den Riesen auf diese Art überlistet und ist dadurch entkommen.“

Bea nickte mir anerkennend zu. Ich warf einen prüfenden Blick in die Höhle. Der Zyklop hockte dick und riesig darin und kratzte sich immer noch am Kopf.

„Los jetzt, schnell“, sagte ich leise zu meinen Gefährten und ging auf Zehenspitzen los. Und wenig später folgten mir die anderen. Alle versuchten, so lautlos zu gehen, wie es nur ging, und so schlichen wir langsam und mit angehaltenem Atem an der Höhle des Zyklopen vorbei.

„Niemand war da“, hörten wir ihn sagen. „Dann ist es ja gut. Ich darf hier keinen vorbeilassen. Der Weg darf nicht betreten werden. Kein Fuß darf ihn berühren. Aber es war ja niemand da.“

Dann waren wir alle an der Höhle vorbei. Weiter vorn konnten wir schon sehen, dass der Weg wieder schmaler wurde und in das Bergmassiv hinein führte. Wir rannten los.

Doch das Geräusch unserer Schritte war lauter, als wir dachten.

„Halt!“, dröhnte die laute Stimme des Zyklopen aus der Höhle.

Wir blieben wie erstarrt stehen.

Es rumpelte und der Gigant stürzte nach draußen. Er gestikulierte wild in unsere Richtung und schrie: „Wenn niemand da war – wer hat dann gesprochen? Jemand muss da gewesen sein! Man hat mich belogen. Wartet, bis ich näher komme, dann sehe ich euch auch!“

Und dann kam er mit erhobenen Pranken auf uns zu.

Die Situation schien aussichtslos. Die Felswände

waren an dieser Stelle glatt. Es gab keine Möglichkeit, sich zu verstecken. Bis zum Weg hinein ins Bergmassiv waren es noch rund vierhundert Meter. Wie auf Kommando setzten wir uns wieder in Bewegung und rannten, so schnell wir konnten, doch der Zyklop kam immer näher.

Plötzlich stieß Horst einen hellen Pfiff aus, flog beinahe senkrecht in die Höhe, drehte sich in der Luft und schoss auf den Zyklopen zu.

„Was macht er nur?“, schrie Bea.

Doch Horst war nicht wahnsinnig geworden. Er griff den Giganten nicht an, sondern flatterte stattdessen wie ein Kolibri dicht vor dem Auge des Zyklopen herum und zwitscherte, so laut er konnte: „Ich war's. Ich bin niemand. Ich bin der Vogel Niemand.“

Der Zyklop blieb stehen. Sein Auge blinzelte.

„Was?“, knurrte er. „Ein Vogel?“

„Ja“, antworte Horst. „Ich hab mich ein wenig verflogen, weil ich nicht mehr so gut sehen kann.“

„Das kenne ich“, sagte der Zyklop und ließ die Schultern hängen.

„Tut mir leid, wenn ich dich wütend gemacht habe. Ich weiß, dass es verboten ist, den Weg zu betreten. Aber ich fliege ja die ganze Zeit. Bin also dauernd in der Luft. Und ich werde auch keine meiner Vogelkrallen auf diesen Weg setzen. Versprochen."

„Hmmm", machte der Zyklop und blinzelte erneut. „Dann muss ich mich ja gar nicht aufregen. Ich sehe dich in der Luft flattern. Du bist hier oben vor meinem Kopf und der Weg ist da unten. Das Wegerecht wird nicht verletzt." Er kratzte sich am Kopf. „Dann gehe ich jetzt wieder in meine Höhle", sagte er nach kurzem Zögern.

„Darf ich noch ein wenig neben dir herfliegen?", piepste Horst.

Der Zyklop nickte, drehte sich um und trottete wieder zu seiner Höhle zurück.

„Hast du schon mal über eine Brille nachgedacht?", fragte Horst, der neben dem Zyklopenkopf flatterte.

„Was ist das?", fragte der Zyklop.

„Ich erkläre es dir drinnen in der Höhle, wenn ich mit hinein darf", antwortete der Spatz.

„Klar", sagte der Zyklop und verschwand in seiner Höhle.

„Also", hörten wir Horsts leiser werdende Stimme noch. „Eine Brille ist so ein rundes Ding aus Glas, das als optisches Hilfsmittel Fehlsichtigkeit und Stellungsfehler der Augen … äh … des Auges korrigiert."

„Hä?", sagte Zyklop.

Weiter hörten wir nicht zu, denn wir nutzten Horsts heldenhaften Einsatz, um nun leise, aber geschwind den rettenden Gang in das Bergmassiv hinein zu erreichen, was uns jetzt auch ohne Probleme gelang.

Wieder umfing uns die Dunkelheit eines Tunnels, aber schon nach wenigen Metern sahen wir Licht und traten hinaus auf einen Sandweg, der zwischen den Felsen entlangführte.

Wir waren gerade mal zehn Meter gegangen, als plötzlich Horst aus dem Tunnel flog und schnell zu uns aufschloss.

„Unser Held!", rief Bea. Und die gesamte Geister-Gang ließ Horst, unseren tapferen Retter, hochleben.

„Du bekommt das Ehrenabzeichen der Gurkenzunft in Grün“, erklärte Gurki mit feierlicher Stimme.

„Und – beim Holzbein des Klabautermannes – wenn du nicht längst Mitglied meiner Mannschaft wärst, dann spätestens jetzt, du mutigster Spatz der Sieben Meere, vierhunderttausend Seen und achthundertdreitausend Tümpel von Feuerland!“, rief Störti.

Tja, ein Spatz hatte uns vor einem Zyklopen gerettet. Kopfschüttelnd ging ich weiter. Es war schon irre, was wir hier alle zusammen erlebten. Ich konnte es selbst kaum glauben.

„Kneif mich mal“, sagte ich zu Bea.

„Gern“, sagte Bea und zwickte mich kräftig in den Arm.

„Aua“, sagte ich und grinste. „Also doch kein Traum, das alles hier.“

„Nee“, sagte Bea. „Und ich glaube, dass man so etwas Verrücktes auch gar nicht träumen kann.“

„Ruhe an Deck, Matrosen“, rief Störti. „Wir müssen weiter. Meck retten. Wird Zeit, diesen untoten

Gammelkönig zu finden. Mit dem muss ich mal ein ernstes Wort reden."

Und dann stapfte unser Piratenfreund los.

Ja, Meck, dachte ich. Wie mochte es ihm wohl gerade gehen?

Bedrückt trotteten wir Störti hinterher.

Ein Knorpel und eine äußerst verschwiegene Schlange

Die Felswände links und rechts wurden niedriger und schließlich verschwanden sie ganz. Der Weg führte nun durch eine Grasebene. Ab und an waren ein paar Bäume zu sehen, auf denen fußballgroße, missmutig aussehende Käfer hockten, die uns irgendetwas hinterhergrummelten.

„Hier ist ja echt nix los“, sagte Bea. „Nur Gras, Steine und diese dämlichen Bäume.“

Doch kaum hatte sie diesen Satz gesagt, sprang plötzlich eine Gestalt hinter einem der Bäume hervor.

Wir blieben sofort stehen. Störti zog seinen Säbel. Stribbi knurrte.

Die Gestalt war etwa eineinhalb Meter hoch, mager und hatte sehr lange verfilzte Haare und einen langen Bart. Sie starrte uns wortlos aus grünen Augen an.

Keiner sagte etwas.

„Was macht Ihr Friseur beruflich?“, fragte Bea diesen komischen Typen schließlich.

„Ha“, antwortete das Wesen mit knarrender Stimme. „Die kleine Dame will wohl witzig sein.“

„Und der große Mann wird gleich böse sein, wenn du den Weg nicht frei machst, du Knorpel“, sagte Störti und trat einen Schritt vor.

„Immer mit der Ruhe“, antwortete die Gestalt. „Ich bin nicht euer Feind. Darf ich mich vorstellen? Ich heiße Knorz und bin der Aufpasser dieser schönen Ebene.“

„Und was macht so ein Aufpasser?“, fragte ich. „Viel kannst du ja nicht zu tun haben. Oder bist du so ’ne Art Hausmeister und musst den riesigen Rasen hier mähen? Das wäre allerdings echt ’ne Aufgabe.“

„Nein. Das Gras halten die Gnatz-Käfer niedrig“, sagte Knorz und deutete auf die grummelnden Käfer.

„Und was machst du dann so den ganzen lieben langen Tag?“, fragte Bea.

„Ich passe auf", entgegnete Knorz.

„Und worauf?", wollte Bea wissen.

„Auf mich", sagte Knorz.

„Sehr lobenswert", sagte Bea. „Das sagt man zum Abschied bei uns in der Menschenwelt auch gern: ‚Pass auf dich auf!'"

„Und genau das tue ich", bestätigte Knorz. „Ich passe auf mich auf. Ich achte darauf, dass mir nichts auf den Kopf fällt. Dass ich nicht stolpere. Dass ich gut schlafe und immer ordentlich esse."

„Na, dafür bist du aber ziemlich mager", meinte Gurki grinsend.

„Hm", brummte Knorz. „Kann sein.

Da hab ich wohl nicht richtig aufgepasst. Ich muss einfach besser auf mich aufpassen."

Und dann drehte er sich um und trottete kopfschüttelnd auf die Ebene hinaus.

„Warte mal!", rief ich ihm hinterher. „Kannst du uns sagen, wohin dieser Weg durch deine Ebene führt? Wir wollen nämlich zu den Untoten Hosen. Sind wir da auf diesem Weg richtig?"

Knorz drehte sich um, sah jeden von uns lange an, nickte dann und sagte: „Ihr müsst noch etwa eine Dreiviertelstunde geradeaus gehen, dann kommt ihr an einen Fluss. Und mitten drin liegt ihre Insel. Da führt dieser Weg hin. Sie wird euch helfen. Sie weiß alles."

„Die Insel?", fragte Bea sichtlich verwirrt.

„Natürlich nicht", antwortete Knorz unwirsch. „Die Insel gehört *ihr*. *Sie* müsst ihr fragen."

„Und wer ist *sie* nun?", wollte Gurki wissen.

„Pass mal auf", antwortete Knorz. „Es hat bisher noch niemand bereut, da hingegangen zu sein. Und ich habe auch noch nie jemanden je von der Insel wieder weggehen sehen. So, ich muss aufpassen, dass ich nicht zu lange mit euch rede. Macht's gut. Und – passt auf euch auf." Dann rannte Knorz lachend in die Ebene und verschwand in einem Erdloch.

„Der ist ja völlig verrückt!", meinte Bea.

„Klingt aber interessant, diese Insel", sagte Störti. „Dann mal los. Bin schon ganz gespannt."

Doch bevor unser Piratenfreund überhaupt auch nur einen Schritt gehen konnte, schrie Stribbi plötzlich: „Angriff!", sprang von meiner Schulter, hüpfte ein paar Meter voraus und packte etwas mit seinen Krallen.

„Was ist denn, Stribbi?", fragte ich und lief zu ihm.

Ich sah, dass das Vampirhörnchen etwas festhielt, das sich unter seinen Krallen hin und her wand. Es war eine Schlange, die mich mit bösen kleinen Augen ansah, ihr Maul öffnete und eine Reihe kleiner, aber ausgesprochen scharfer Zähne sehen ließ.

„Die sieht giftig aus", sagte Bea, die sich vorsichtig näherte. Sie deutete auf einen kleinen Felsbrocken, der am Wegrand lag. „Ich vermute mal, dass sie unter dem Stein dort gelauert hat. Die wollte bestimmt einen von uns beißen."

„Jaaaaaaa“, zischte die Schlange plötzlich zwischen ihren Zähnen hervor. „Beißßßen will ich. Meine giftigen Zzzähne in dasss weiche Fleisch eurer Menschenbeine schlagen. Beißßßen, ja! Immer nur beißßßen. Wenn nur diessses gemeine Hörnchen nicht wäre. Esss soll mich lossslassen!“

„Für wie blöd hältst du uns?“, sagte Bea zu der Schlange. „Wenn Stribbi dich loslässt, stürzt du dich doch sofort auf uns!“

„Genau“, sagte die Schlange. „Ich werde sssofort angreifen!“

„Ach du meine Güte“, sagte Bea. „Ich glaube, diese Schlange ist ein bisschen doof. Aber sag mal, Stribbi, wie hast du überhaupt gemerkt, dass sie da unter diesem Stein lauerte?“

„Vampirhörnchen haben eine gute Nase“, antwortete Stribbi. „Ich hab sie gerochen.“

„Ich bin stolz auf dich, mein fangzähniger Freund“, sagte ich. „Du bist das beste Vampirhörnchen der Welt!“

Stribbi grinste.

„Aber was machen wir denn jetzt mit der

Schlange?", fragte Bea. „Und woher wissen wir, dass nicht noch mehr davon auf dem Weg lauern?"

„Eine gute Frage", sagte Störti. „Sag mal, Schlange, gibt es auf dem Weg noch mehr solche miesen Typen wie dich?"

„Niemalsss werdet ihr dasss von mir erfahren", züngelte die Schlange. „Ich werde – ganzzz egal, wasss ihr mir antut – niemalsss verraten, dass hinter jedem Ssstein, der mit Moosss bewachsssen issst, eine von meiner Sssippe lauert. Ich werde dasss nie verraten! Habt ihr versssstanden?"

„Ja, danke", sagte ich. „Das verstehen wir gut. So etwas muss man natürlich für sich behalten."

Alle kicherten.

„Ich glaube, Stribbi, du kannst diese äußerst verschwiegene Schlange jetzt loslassen", sagte ich. „Aber lasst uns alle ein wenig zurücktreten. Man kann ja nie wissen."

Bea, Gurki und ich wichen ein paar Meter zurück. Horst flatterte auf meine Schulter. Nur Störti konnte es mit seiner Piratenehre nicht vereinbaren, vor einer

Schlange zurückzuweichen, und blieb stehen, wo er war.

Schließlich ließ Stribbi die Schlange los. Sie blieb regungslos liegen.

„Was ist denn nun los?", piepste Horst und flatterte etwas näher an die Schlange heran. „Ist sie vor Schreck gestorben?"

Aber kaum hatte er diesen Satz vollendet, da stieß die Schlange plötzlich mit ungeheurer Kraft fast einen Meter weit nach vorn und versenkte ihre rasiermesserscharfen Zähne in Störtis Bein.

Sofort war Stribbi wieder zur Stelle. Er packte die Schlange mit seinen Krallen an ihrem hinteren Ende, schwang sie ein paar Mal wie ein Lasso über seinem Kopf und schleuderte sie weit auf die Ebene hinaus. Das Reptil zischelte uns noch ein paar Beschimpfungen zu, schlängelte sich dann aber durch das hohe Gras davon und verschwand.

„Störti!", riefen Bea und ich fast gleichzeitig, „geht es dir gut?"

Störti sah an seinem Bein herunter. „So ein Mist!", sagte er.

„Oh, m-m-mein Gott, d-das Gift!“, stammelte ich. „Spürst du schon etwas?“

Bea wurde bleich. „Störti, du darfst nicht sterben!“, schluchzte sie.

„Ach, Quatsch. Ich sterbe doch nicht“, sagte Störti und drückte Bea und mich an sich. „Ich ärgere mich bloß, dass dieses dämliche Vieh ein Loch in meine schöne Piratenhose gebissen hat. Ich bin doch schon tot. Mir kann so eine Prise Gift nix anhaben. Aber ich bin schwer gerührt, dass ihr euch so große Sorgen um mich macht, meine kleinen Freunde.“

Wir waren alle mächtig erleichtert. Als wir den Schreck verdaut hatten, machten wir uns wieder auf den Weg. Stribbi lief vorweg und Horst flog als unser Luftaufklärer ebenfalls voraus und meldete jeden verdächtigen Stein. Tatsächlich fand Störti unter fast jedem, der mit Moos bewachsen war, eine Schlange. Sie stürzten sich jedes Mal sofort auf unseren Piratenfreund, doch der schleuderte sie einfach mit viel Schwung kreuz und quer über die Graslandschaft. Gurki feuerte ihn dabei an. Und irgendwann schien sich bei den Schlangen herumgesprochen zu haben, dass ein unverwundbarer Pirat und ein blitzschnelles Vampirhörnchen Jagd auf Schlangen machten und nicht zu besiegen waren, denn nach einiger Zeit fanden wir keine einzige mehr. Sie waren und blieben verschwunden.

Nach etwas mehr als einer halben Stunde hörten wir dann – wie Knorz es vorausgesagt hatte – das

Plätschern von Wasser und wenig später standen wir am Ufer eines mächtigen Flusses. Er war sehr breit. Man konnte kaum das andere Ufer sehen.

„Und nun“?, fragte Bea.

„Nun“, antwortete Störti, „gehen wir entweder nach links oder nach rechts und versuchen, diese Insel zu finden, die so toll sein soll. Hat jemand einen Vorschlag, welche Richtung es sein soll?“

Doch bevor jemand etwas sagen konnte, hörten wir Horsts Stimme, der weit oben am Himmel seine Kreise drehte. „Nach links“, zwitscherte unser gefiederter Freund. „Ich sehe da was.“

„Ist doch immer wieder schön, Leute mit verschiedenen Talenten in der Mannschaft zu haben“, sagte Störti stolz. „Auf geht's, Leute.“

DIE INSEL

Wir trotteten los und schon nach zehn Minuten Fußmarsch sahen wir die Insel. Sie war beinahe gänzlich von Nebel umhüllt, aber ab und an konnte man ein paar Felsen und Bäume erkennen. Es gab allerdings weder eine Brücke, die auf die Nebelinsel führte, noch sahen wir irgendwo Boote oder ein Floß. Es gab keinerlei Möglichkeit, die Insel trockenen Fußes zu betreten. Und es waren mindestens hundert Meter Wasserfläche zu überwinden.

„Ich will ja nicht wieder den chinesischen Verlegenheitsminister bemühen", sagte Bea. „Aber ich frage euch: Wat Nu?"

Keiner sagte etwas.

Störti kratzte sich am Kopf. „Hm", brummte er. „Vielleicht sollte Horst hinüberfliegen und diese

Person, die uns angeblich helfen kann, finden und befragen."

„Gute Idee!", sagte ich. „Dann könnten –"

Ich verstummte. Denn wie alle anderen starrte ich auf den Fluss. Unter Knarzen und Quietschen erhob sich etwas aus dem Wasser. Es war eine Art Holzkonstruktion und schnell war uns klar, um was es sich handelte.

„Eine Brücke", flüsterte ich staunend.

„Warum flüsterst du?", lachte Bea. „Glaubst du, du könntest eine Brücke erschrecken?"

Nach etwa einer halben Minute hörte das Quietschen und Knarzen auf und vor uns stand in voller Pracht eine mächtige Holzbrücke, die direkt auf die Insel führte.

„Na, denn mal rauf auf die Planken!“, rief Störti und ging los.

„Moment“, sagte ich. „Wir wissen nicht, was uns da drüben erwartet. Ich finde, einer von uns sollte hier auf dieser Seite bleiben, um im Notfall Hilfe holen zu können.“

„Und welche Hilfe?“, fragte Bea. „Wir kennen hier doch niemanden.“

„Doch“, sagte Gurki. „Ihr kennt mich, meine Leute und die Quallen. Ich werde hier Wache halten und warten, bis ihr zurückkommt. Und wenn ihr nicht wieder auftaucht, dann hole ich meine Freunde.“

„Klingt irgendwie ganz gut“, sagte ich. „Was meint ihr?“

Störti, Bea, Horst und Stribbi nickten.

Gurki sagte: „Ist gebongt, Kumpels“, legte sich neben einen Stein ins Gras und schlief sofort ein.

„Hm“, sagte Bea. „Und das nennt sich nun also Wache.“

Wir betraten vorsichtig die Brücke. Die morschen Holzbretter gaben unter unseren Füßen nach, als wir schnellen Schrittes den Fluss überquerten. Sehen konnten wir praktisch nichts, weil der Nebel so dicht war. Unter uns gluckerte das Wasser des Flusses. Dann ging es leicht abwärts und schließlich verließen wir die Brücke und standen am Ufer der Insel auf einem weichen Grasboden.

„Und jetzt?“, fragte ich. „Man kann ja keine zehn Meter weit sehen.“

Wir starrten alle in die Nebelwand hinein. Nichts tat sich.

„Da!“, rief Bea plötzlich, die etwas abseits stand. Sie deutete mit der Hand nach vorn. Aus dem dichten Nebel schälte sich langsam eine Gestalt. Eine wunderschöne junge Frau in einem langen weißen Kleid mit blonden Haaren, in denen ein leuchtender Reif steckte. Um sie herum flatterten Schmetterlinge. Die Frau lächelte. Langsam und mit erhobenen Armen kam sie auf uns zu. Ihre Schritte hinterließen eine Spur aus Sonnenschein, der den Nebel um sie herum verdrängte.

„Beim Fußnagel des Klabautermanns“, staunte Störti. „Das ist mit Abstand die schönste Frau, die ich in meinem Leben und nach meinem Ableben je gesehen habe.“

Ich konnte ihm nur zustimmen. Dieses Wesen war wirklich wunderschön. Und es schien sehr freundlich zu sein.

Die Frau blieb schließlich einen Meter vor uns stehen. Der Nebel verschwand nun endgültig. Die Sonne schien. Es war angenehm warm. Die Schmetterlinge, die um die geheimnisvolle Schönheit herumflatterten, gaben eigentümliche Klänge von sich, als ob sie mit ihren Flügeln sanft die Saiten einer Harfe berühren würden.

Stribbi schnurrte und plusterte sein Brustfell auf.

Horst begann, sich eilfertig zu putzen. Störti grinste entrückt. Ich bekam feuchte Hände.

Aber keiner von uns sagte etwas. Alle starrten wir diese Erscheinung vor uns einfach nur an, so überwältigt waren wir von der Schönheit der Frau. Nur Bea schien es nicht wie uns zu gehen. Als ich sie einmal kurz ansah, sah ich ihren skeptischen Blick. Doch dann musste ich einfach die blonde Frau weiter ansehen.

Und die begann nun zu sprechen. „Folgt mir, meine lieben Gäste“, sagte sie mit warmer, wohlklingender Stimme, drehte sich um und schritt langsam voran in Richtung Inselmitte.

Wie aufgezogene Spielzeugsoldaten trotteten wir hinterher. Alle lächelten. Nur Bea nicht. Aber auch sie folgte uns.

Nach wenigen Minuten erreichten wir eine kleine Oase. Palmen spendeten angenehmen Schatten, denn die Sonne schien nun hell und heiß vom Himmel. Hängematten waren aufgespannt und schaukelten sanft in einer leichten Brise. Leise Musik war zu hören. Und auf großen Tischen standen exotische Speisen und gekühlte Getränke bereit.

„Das Paradies“, flüsterte ich.

Die schöne Frau lächelte. Mir wurde ganz warm ums Herz.

„Ich heiße Circe“, sagte sie nun. „Seht mir bitte alle in die Augen.“

Wir taten, was sie sagte.

„Ihr könnt hier bleiben“, sprach Circe weiter. „Für immer. Vergesst alle eure Sorgen. Hier bei mir ist alles gut. Bleibt bei mir und ihr werdet auf ewig glücklich und zufrieden sein. Wollt ihr das?“

„Ja“, sagte jeder von uns. Na ja – fast jeder. Bea blieb stumm.

Ich erinnere mich nicht mehr genau, was dann geschah. Ich weiß nur noch, dass ich mich sauwohl fühlte und nichts anderes wollte, als hier bei Circe zu sein, mich mit einem kühlen Cocktail in eine der Hängematten zu legen und nur aufzustehen, um von den köstlich duftenden Speisen auf dem Tisch zu probieren. Und Störti, Horst und Stribbi ging es genauso.

Später berichtete uns Bea, was geschehen war. Sie war nämlich als einzige immun gegen die Verführungskraft der blonden Schönheit. Die wirkte offenbar nur bei männlichen Wesen – ob Mensch, Geist, Vogel oder Vampirhörnchen war dabei aber wohl egal. Wir waren jedenfalls komplett willenlos und standen nur noch dämlich grinsend herum. Circe hatte uns verzaubert.

Bea ging auf Circe zu. Die hob eine Hand, lächelte Bea an und sagte: „Mein liebes Kind, auch du wirst hier deinen Frieden finden. Vergiss deine Sorgen. Ergib dich dem Zauber, dem Wohlklang des Lebens hier in meiner Oase."

Bea blieb dicht vor Circe stehen. „Jetzt hören Sie mir mal genau zu, Sie durchgeknallte Schönwettertussi", sagte sie laut. „Ich weiß nicht, was Sie mit meinen Freunden gemacht haben. Aber bei mir zieht Ihr Gesäusel nicht. Wir haben eine Aufgabe. Wir müssen unseren Freund Meck retten. Und daran wird eine Barbiepuppe wie Sie mich nicht hindern! Sie werden jetzt auf der Stelle meine Freunde wieder zu normal denkenden Menschen machen oder ich werde Ihnen dermaßen eine scheuern, dass Ihnen die Perücke verrutscht. Ist das klar?"

Circe erstarrte. Ungläubiges Staunen war in ihrem Gesicht zu sehen. Aber kurz darauf verwandelte sich das makellose Antlitz der schönen Zauberin in eine wütende Fratze.

„Du wagst es, mir zu drohen?", schrie sie und gab Bea einen Stoß. Bea taumelte ein Stück zurück, blieb aber auf den Beinen. „Na warte!", schrie Circe wütend, formte ihre Hände zu Krallen und stürmte auf Bea zu.

Bea blieb ganz ruhig, stellte sich etwas seitlich hin, wartete, bis Circe dicht vor ihr war, packte blitzschnell einen ihrer Arme, drehte sich seitlich geduckt in die Zauberin hinein und warf sie mit einem gekonnten Schwung über sich hinweg. Circe schrie hell auf, überschlug sich in der Luft und landete krachend mit dem Rücken auf dem Grasboden. Dort blieb sie benommen liegen.

Störti, Stribbi, Horst und ich kamen wieder zu Bewusstsein. Wir sahen Circe auf dem Boden liegen. Neben ihr stand Bea, beugte sich zu ihr herab und sagte: „Man sollte niemanden angreifen, der schon seit vier Jahren im Judoverein ist, Sie fieses Monster."

„Bea“, fragte ich noch etwas benommen, „was ist passiert?“

„Was passiert ist?“, fragte unsere Freundin. „Diese Dame hier hat euch allen komplett den Kopf verdreht. Mit irgendeinem Zauber. Aber bei mir wirkte der nicht. Ihr wart alle willenlos und wärt wohl für immer hier geblieben, wenn ich der kleinen Hexe hier nicht mal ordentlich die Meinung gesagt hätte. Und dann war sie auch noch so dumm, auf mich loszugehen.“

„Keine gute Idee“, sagte ich lächelnd.

„Meine lieben Freunde“, hörte ich da auf einmal

wieder Circes Stimme, die sich jetzt langsam aufrappelte und wieder wunderschön aussah.

„Klappe halten!", fauchte Bea, sprang zu ihr und drehte ihr den Arm auf den Rücken. Stribbi hüpfte heran und bleckte seine spitzen Vampirzähne.

„Aua", jammerte Circe und ihr Lächeln verwandelte sich erneut in eine hässliche Grimasse. „Lass mich los, du starrsinniges Gör! Ich will dich und deine Freunde haben und behalten. Hört ihr? Ihr werdet hier bleiben. Für immer! Seht doch nur, wie schön es hier ist!" Dabei deutete sie auf die Oase.

Aber Circes Zauber war verflogen. Wir sahen jetzt, was sich hinter der schönen Fassade dieser Frau verbarg: ein böses Wesen, das uns gefangen halten wollte.

„Danke, Bea", sagte ich leise.

„Hergehört, Leute", rief Störti feierlich. „Bea, wenn du nicht längst –"

„Ja, ich weiß", unterbrach ihn Bea. „Du würdest mich natürlich

sofort zum Ehrenmitglied deiner Mannschaft ernennen, wenn ich es nicht längst schon wäre."

„Jawoll!", rief Störti. „Beim Popel des Klabautermannes, das würde ich!"

„So, und was machen wir jetzt mit dieser Circe?", fragte ich.

Die funkelte mich böse an. Komisch, dass ich sie eben noch so absolut unwiderstehlich fand.

„Ich lasse Sie jetzt los", sagte Bea zu der Zauberin. „Aber wehe, Sie versuchen wieder irgendwelche Tricks, dann liegen Sie – *zack* – wieder am Boden."

„Du hast meinen ersten Offizier gehört", sagte Störti und grinste. „Tu besser, was sie sagt."

Circe nickte und sagte leise: „Na schön, ihr habt gewonnen." Und mit einem Seitenblick auf Bea fügte sie hinzu: „Aber nur wegen dieses Mädchens, das immun gegen meine Kräfte ist. Lass mich los. Ich werde nichts mehr gegen euch unternehmen."

Bea ließ sie los. Circe stand einfach nur da und rieb sich den Arm. Fast konnte sie einem leidtun. Aber dann erinnerte ich mich, dass sie eben noch auf Bea losgegangen war.

„Was hatten Sie überhaupt mit uns vor?“, fragte ich sie.

Circe blickte zu Boden und murmelte: „Ihr wärt nach ein paar Tagen großen Wohlbefindens zu meinen Sklaven geworden. Schade, dass es nicht geklappt hat.“

Horst piepste empört und schlug wild mit den Flügeln.

„Na schön“, sagte Bea. „Schluss mit dem Gerede. Wir haben eine Mission: Meck finden und befreien. Sie sagen uns jetzt, wie wir zu den Untoten Hosen kommen. Und dann können Sie hier weiter in dieser komischen Oase rumhängen. Wir werden Ihnen nichts tun.“

„Gut“, sagte Circe. „Ihr fahrt eine Nacht lang flussabwärts. Dann seid ihr in ihrem Gebiet.“

„Fahren?“, fragte ich. „Womit?“

Circe schüttelte verärgert den Kopf. Offenbar hatte sie etwas gesagt, was sie eigentlich nicht hatte sagen wollen. Doch es war zu spät, sie hatte sich verraten. Irgendwo musste sich hier in der Nähe ein Boot oder Schiff befinden.

„Los, raus mit der Sprache!“, brummte Störti.

„Ist ja schon gut, du ungehobelter Pirat!“, gab Circe zurück und hob beschwichtigend die Hände. „Unten am Strand vor der Brücke liegt ein Boot, versteckt im Schilf. Das könnt ihr nehmen.“

„Dann gehen wir da jetzt zusammen hin und schauen nach“, verlangte Bea. „Ich traue Ihnen nämlich nicht.“

Circe zuckte nur mit den Schultern und trottete los. Wir folgten ihr langsam.

Und tatsächlich fanden wir im Schilfgürtel der Insel ein großes Ruderboot.

„Eines Piraten eigentlich nicht würdig“, sagte Störti, „aber besser, als zu schwimmen, ist es allemal.“

Und dann zog er das Boot zu sich heran und sprang hinein. Bea und ich kletterten ebenfalls an Bord. Horst flatterte auf meine Schulter und Stribbi lehnte sich wie eine Galionsfigur über den Bug des Bootes. Es wackelte etwas, aber schließlich saßen wir alle. Störti schnappte sich die Ruder und begann, mit kräftigen Zügen zu rudern.

Circe blieb am Ufer zurück und sah uns missmutig nach.

Störti ruderte an der Brücke entlang erst einmal zum anderen Ufer. Dort angekommen sprang er wieder aus dem Boot, hielt es am Ufer stehend an einem dicken Tau fest und rief nach Gurki.

Kurze Zeit später tauchte die Seegurke mit verschlafenem Gurkengesicht hinter einem Stein auf.

„Mann, hab ich toll geratzt“, sagte sie. Dann stutzte sie und sagte: „Toll, ihr habt ein Boot! Das ist ja klasse. Ist sonst irgendwas Interessantes da drüben passiert?“

„Ach, nein, eigentlich nicht“, antwortet Bea. „War alles nicht der Rede wert. Komm an Bord, verehrte Gurkenfreundin.“

Wir lachten. Gurki guckte etwas verwirrt, sprang aber zusammen mit Störti an Bord.

Der Pirat ruderte los. Nach und nach verschwanden die Insel und die Holzbrücke wieder im Nebel und wir fuhren immer weiter flussabwärts, dem nächsten Abenteuer entgegen.

GEFAHR AUF DEM FLUSS

Der Nebel lichtete sich allmählich, und nun konnten wir erkennen, dass sich der Fluss langsam immer mehr verengte und sich in vielen Windungen durch eine wilde Landschaft schlängelte. Beide Ufer, die nun kaum mehr als zehn Meter voneinander entfernt waren, zeigten eine üppige Vegetation: Bäume, Buschwerk, hohes Gras. Ideal für Feinde, die sich dort verstecken konnten. Die Luft war immer noch drückend warm, obwohl die Sonne schon fast untergegangen war. Ein seltsames, diffuses Licht umfing uns. Wir alle schwiegen. Es war eine unheimliche Stimmung.

„Irgendetwas“, brummte Störti, „lauert da draußen auf uns. Ich kann es förmlich in meinem Holzbein spüren.“

„Aber du hast doch gar kein Holzbein“, sagte ich leise.

„Aber wenn ich eines hätte, mein Junge“, entgegnete der Pirat, „dann würde ich es da verdammt deutlich fühlen, dass da was lauert.“

„Aber was nur?“, flüsterte Bea.

Alle blickten wir schweigend in das dichte Grün auf beiden Seiten des Ufers. Ab und zu raschelte es, und irgendetwas huschte davon. Aber wir sahen nicht, was es war.

„Wirklich unheimlich“, sagte ich.

Nachdem wir eine Weile lautlos durch das Wasser geglitten waren, wurde unser Boot immer langsamer.

„Was zum Teufel ist denn nun wieder los?“, rief Störti. „Ich rudere und rudere und es geht nicht voran.“

„Ich weiß, warum. Schaut mal!“, sagte Bea und deutete aufs Wasser.

In der einsetzenden Dunkelheit konnten wir erkennen, dass der Fluss von einem dicken Teppich aus Algen bedeckt war. Eine zähe grüne Masse, durch die sich unser Boot nur mühsam durchkämpfte.

„Teufel noch mal“, stöhnte Störti und stemmte sich in die Ruder. „Das ist ja so, als würde man durch Wackelpudding fahren.“

Ab und zu blubberte es in der grünen Pampe. Blasen stiegen auf und als sie an der Oberfläche platzten, verströmten sie einen widerlichen fauligen Geruch.

Und dann war auf einmal ein unheimliches Stöhnen zu hören.

„Uaaaaah!“

Es schien direkt aus dem Wasser zu kommen.

„Was ist das?“ riefen Bea und ich gleichzeitig.

Der Algenteppich schlug Wellen. Irgendetwas Großes bewegte sich darunter.

Unser Boot erzitterte.

In diesem Moment klingelte mein Telefon. Alle zuckten zusammen. Ich sah auf das Display.

„Es ist Meck!“, stammelte ich.

„Dann geh doch ran!“, sagte Bea.

Ich nahm das Videogespräch an und sofort sah ich das Gesicht unseres Freundes. Er sah etwas verschwitzt aus, schien aber soweit in Ordnung zu sein.

„Meck!“, riefen Bea und ich gleichzeitig.

„Leute“, flüsterte Meck. „Ich hab nicht viel Zeit. Ich weiß, dass ihr hierher unterwegs seid. Und ich freue mich so, dass ihr mich nicht im Stich lasst. Ich kann nicht lange reden. Die Zombies haben gefeiert. Alle sind besoffen und schlafen jetzt. Meine Wachen hier vor dem Käfig auch. Aber sie können jeden Moment aufwachen.“ Meck blickte sich kurz um und sprach dann weiter. „Ich habe vorhin ein Gespräch zwischen zwei von den Zombies belauscht. Sie haben gesagt, dass ihre Späher euch entdeckt haben und dass ihr bald hier sein werdet. Aber erst würde der grüne Flussgeist noch einen von euch als Opfer verlangen. Ihr könnt ihn nur besiegen, wenn ihr schweigt. Ihr dürft unter keinen Umständen etwas sagen! Habt ihr verstanden? Verdammt, ich muss Schluss machen. Einer der Typen wacht auf …“

Und dann war die Verbindung unterbrochen.

„Merkwürdig“, sagte ich. „Wir sollen nichts sagen? Hä? Und was hat er mit ‚Flussgeist‘ eigentlich gemeint?“

Doch im nächsten Augenblick wussten wir Bescheid. Der Algenteppich begann zu brodeln und zu zischen und kurz darauf brach etwas Riesiges direkt vor uns aus den Tiefen des Flusses hervor. Es sah aus wie eine Art lebender Baum, bedeckt von grünen Algen, aus denen unablässig Wasser herabtropfte. Riesige Äste ragten wie Arme zu beiden Seiten aus seinem mächtigen Stamm hervor, an deren Ende sich hölzerne Klauen öffneten und schlossen. Und oben in der Baumkrone des riesigen Geschöpfes sahen wir ein Gesicht, dessen große gelbgrüne Augen uns nun anstarrten. Sein Maul öffnete sich weit und das Wesen – offenbar der grüne Flussgeist – sprach mit tiefer, dröhnender Stimme: „Wer wagt es, meine Ruhe zu stören?"

Wir schwiegen.

„Nur ein Opfer kann mich besänftigen", dröhnte der Flussgeist weiter. „Sagt, wer von euch soll es sein?"

Wir schwiegen weiter.

„So, so", sagte der Flussgeist. „Ihr seid ziemlich schweigsame Gesellen. Ich will euch noch eine Chance geben. Wenn ihr diese Aufgabe löst, lass ich euch ziehen, ohne ein Opfer zu verlangen. Also: Wie viel ist fünf mal sechs?“ Er stemmte seine knorrigen Hände in die Rinde. „Na los, sagt mir die Lösung und ich lasse euch ziehen!“

Es war uns allen natürlich klar, wie die Lösung heißen musste, aber wir schwiegen weiter, wie Meck es uns gesagt hatte.

„Nun?“, dröhnte der Flussgeist. „Will denn keiner reden? Weiß niemand die Lösung? Soll ich das Rätsel wiederholen?“

Wir schwiegen.

Der Flussgeist erschauerte und sank etwas tiefer in den Fluss zurück. „Verdammt seid ihr, ihr miesen Schweiger!“, rief er. Dann beugte er sich nach vorn und sein riesiges Gesicht war jetzt direkt vor mir. Von den Ästen tropfte Wasser auf meine Hose.

Störti griff zu seinem Säbel. Ich sah zu ihm herüber und schüttelte den Kopf. Störti hielt inne.

„Duuuu“, zischte der Flussgeist mir zu, „du, Junge, sollst noch eine Chance bekommen. Hier hast du eine weitere Aufgabe. Nenne mir die Lösung und ihr könnt unbehelligt weiterziehen. Also: Was ist heißer? Eine Tasse Kakao oder die Sonne?“

Ich starrte in seine grünen Augen.

Er kam noch ein paar Zentimeter dichter an mich heran. „Na, das schaffst du doch, Junge, oder?“ Seine Stimme war jetzt ein Flüstern.

Ich wusste natürlich die Lösung, aber ich schloss die Augen und schwieg.

„Rede endlich!“, brüllte der Baum und ich konnte seinen fauligen Atem auf meinem Gesicht spüren. „Du weißt es doch! Warum schweigst du?“

Wieder ging ein Schauer durch den Flussgeist.

Unter Stöhnen richtete er sich auf und versank nun erneut ein deutliches Stück im Fluss. „So redet doch endlich!“

Wir schwiegen. Eisern.

Der Flussgeist versank noch ein Stück. „Ich will eure Stimmen hören!“, brüllte er. „So gebt doch einen Laut von euch!“

Unsere Lippen blieben verschlossen. Wir starrten den Geist einfach nur an. Und der gab nun einen lauten, klagenden Ruf von sich, hob die mächtigen Arme in den Himmel und versank gänzlich im brodelnden Algenteppich.

Um uns herum herrschte wieder Stille.

Keiner sagte etwas.

Störti begann schweigend wieder zu rudern. Der Algenteppich wurde dünner. Und schließlich – nach wenigen Minuten – war er ganz verschwunden.

Der Fluss wurde wieder breiter. Die Sonne war nun endgültig untergegangen und erleichtert stellten wir fest, dass wir alle erneut unverletzt einer großen Gefahr entkommen waren.

Störti war der Erste, der etwas sagte. „Also, ich

hätte diesem Asttypen ja gern eins über die Rübe gezogen, aber so war es wohl besser für uns alle. Kampflos gesiegt. Aber was sollten denn diese bescheuerten Rätsel? Besonders das zweite war wirklich merkwürdig."

„Das mit dem Kakao?", fragte ich.

„Genau das", brummte Störti. „Ist doch klar, dass Kakao heißer ist. Sonst könnten wir es ja alle nicht in der Sonne aushalten."

Kopfschüttelnd ruderte Störti weiter auf dem nun träge dahinfließenden Fluss. Wir anderen grinsten uns einfach nur an.

IM TAL DER UNTOTEN HOSEN

Die nächsten Stunden geschah ausgesprochen wenig. Während Störti uns mit seinen kräftigen Ruderschlägen auf dem Fluss voranbrachte, wechselten Bea und ich uns damit ab, ein wenig zu schlafen. Stribbi kuschelte sich in Beas Schoß zusammen und Horst hatte es sich wieder mal auf meiner Schulter bequem gemacht. Gurki hing schnarchend halb über den Bootsrand, die Füße ins Wasser gestreckt.

Am Ufer sah man ab und zu ein paar Tiere, die wie Rehe mit Katzengesichtern aussahen. Sie blickten uns aufmerksam an und knabberten dann sorglos weiter an dem bläulichen Gras, das überall am Ufer des Flusses wuchs.

Ansonsten ließ der dichte Wald beiderseits des Ufers kaum Einblicke zu. Aber wir hörten, dass sich darin irgendwelche Wesen verbargen, denn immer wieder ertönte ein Wiehern, Keuchen, Brüllen oder Brummen aus dem Unterholz, doch keines der Wesen ließ sich an den Ufern des Flusses blicken.

Im Dämmerlicht erkannten wir, dass sich die Landschaft allmählich veränderte. Alles wurde karger und steiniger. Bald wuchs auch kein Gras mehr. Große Felsbrocken lagen nun häufiger am Ufer. Auch der

Wald veränderte sich. Das grüne Dickicht wich großen, kahlen Bäumen, die wie riesige Finger in die Luft ragten. Es waren tote Bäume, abgestorben, aber noch in der Erde verankert. Nur gelegentlich sah man ein paar umgestürzte Stämme am Boden liegen. Große Käfer krochen auf ihnen herum und kauten an der Rinde. Die Luft, die in der Nacht etwas abgekühlt war, wurde bei Tagesanbruch schnell wieder drückend warm. Die Sonne stand hinter tief hängenden dunklen Wolken und tauchte alles in ein dämmriges Zwielicht.

Der Fluss wurde wieder schmaler und wir fuhren schweigend durch diese traurige Gegend.

Stribbi, der wieder ganz vorn an der Spitze des Bootes hockte, hörte es als Erster.

„Was ist das?“, fiepte das Vampirhörnchen.

„Was denn?“, fragte ich.

„Das Geräusch“, antwortete Stribbi.

„Welches Geräusch?“, fragte Störti.

„Seid doch mal still“, bat Bea.

Alle schwiegen und lauschten.

Und jetzt hörten wir es auch: Trommeln!

Viele Trommeln offenbar, die unablässig einen dumpfen, pochenden Rhythmus schlugen.

„Das kommt von vorn“, sagte ich. „Ist aber noch ziemlich weit entfernt.“

„Das müssen diese Untoten Hosen sein“, sagte Bea. „Ich denke, wir sind auf dem richtigen Weg.“

Aber ihre Stimme klang eindeutig ängstlicher als sonst. Mir ging es ähnlich. Der monotone Schlag der Trommeln hatte etwas Unheilvolles, Angsteinflößendes.

Störti ruderte weiter.

„Da drüben“, piepste Horst plötzlich und deutete mit einem seiner Flügel auf das Ufer zu unserer Rechten.

Und nun sahen wir, was er meinte: Dutzende von Totenköpfen lagen auf den Felsbrocken und starrten uns aus leeren Augenhöhlen an.

„Unheimlich“, flüsterte ich.

„Keine Angst, Kinnings“, brummte Störti. „Die kahlen Köppe da tun euch nix.“

„Na, hoffentlich“, antwortete ich.

Wir fuhren langsam weiter. Das Trommeln wurde

lauter. Wir näherten uns unserem Ziel. Ab und an stieg jetzt schwefliger Rauch aus großen Löchern in der Erde auf. Manchmal schoss auch fauchend eine Flamme daraus hervor.

„Diese Untoten Hosen haben sich aber auch mit Abstand die hässlichste Ecke in dieser sonderbaren Welt ausgesucht“, brummte Störti. „Wie kann man nur so dämlich sein, hierher zu ziehen?“

Der Fluss machte nun eine Biegung und als wir die hinter uns gelassen hatten, stockte uns der Atem.

„Ich glaub, wir sind da“, sagte Störti und hörte auf zu rudern, als ein großer See in Sicht kam, eingerahmt von hohen Bergen. An seinem rechten Ufer sahen wir auf einem Strand aus schwarzem Sand eine große Gruppe furchterregender Gestalten stehen.

Die Zombies!

Sie trugen zerlumpte Kleidung und waren bewaffnet bis an die fauligen Zähne.

Das Dröhnen der Trommeln wurde ohrenbetäubend. Es kam von einem Felsen im flachen Wasser, auf dem etwa zwanzig Zombies wie besessen auf große Trommeln einschlugen.

Langsam trieben wir auf den Strand zu. Die Gestalten grinsten.

Störti griff nach seinem Säbel. Stribbi fuhr seine Krallen aus. Horst guckte so böse, wie er konnte. Bea, Gurki und ich drängten uns aneinander.

Plötzlich hob einer der Zombies einen Arm und stieß einen schrillen Pfiff aus.

Augenblicklich hörte das Trommeln auf.

Die Kreatur trat vor. Es war ein Mann in einer zerlumpten Uniform, dessen linkes Ohr fehlte. Stattdessen ragte eine Muschel aus seinem Kopf.

Der Einohrige deutete grinsend eine Verbeugung an und sagte mit schneidender Stimme: „Gestatten, Fabrizius Faulig, Offizier der Untoten Hosen. Seines Zeichens persönlicher Adjutant des großen Zombiekönigs Verwesius des Ersten. Wir sind euer Empfangskomitee. Kommt an Land und folgt mir ohne Widerstand. Ihr wisst ja: Wir haben euren Freund."

„Ich denke, wir sollten tun, was der Gammelfleischtyp da sagt", brummte Störti leise, sprang aus dem Boot und zog es an den Strand. Dann ging er auf Fabrizius Faulig zu, baute sich in voller Größe vor ihm auf und sagte: „Gestatten, Klaus Störtebeker, Pirat. Wir kommen mit euch, weil ihr unseren Freund habt. Aber damit eines klar ist: Jedem einzelnen, der einen von meinen Freunden hier anrührt, hacke ich die Hand ab."

Ein Murren drang aus den Kehlen der Untoten Hosen. Einige griffen zu ihren Waffen.

„Ruhe, Kameraden“, rief Fabrizius. „Der König wünscht, dass diese Typen unversehrt zu ihm gebracht werden. Niemand rührt sie an, bis Verwesius entschieden hat, was mit ihnen passiert.“

Dann sah er Störti an und sagte: „Und nun, Pirat, Schluss mit dem Gerede. Folgt uns ins Tal.“

Störti sah mich und Bea fragend an. Ich zuckte mit den Schultern und folgte Fabrizius Faulig, der bereits mit seinen Männern vorausging. Was hätten wir auch tun sollen? Unsere einzige Chance, Meck irgendwie zu retten, bestand darin, mit den Zombies ins Tal der Untoten Hosen zu gehen. Wir hatten schon so viele Gegner bezwungen. Vielleicht würde es uns ja auch diesmal gelingen.

Schweigend trotteten wir hinter den Zombies her. Sie hielten auf eine Felswand zu, in die ein gigantisches Tor geschlagen worden war. Nach einer halben Stunde hatten wir das Tor erreicht und gingen hindurch.

Was ich sah, ließ mich erschauern. Das Tal der

Zombies war riesig und von hohen Felsmauern umgeben. Ein gigantischer Wasserfall rauschte donnernd an der Nordseite des Tals die Felswände herab. Auf dem staubigen Boden waren zahllose Zelte in verschiedenen Größen aufgeschlagen, vor denen Tausende von Zombies standen und uns anstarrten. Und in der Mitte des Tals, vor dem größten Zelt, hockte Verwesius der Erste auf seinem Thron aus Knochen und winkte uns zu. Langsam schritten meine Gefährten und ich durch ein Spalier aus Zombies in seine Richtung. Die unheimlichen, untoten Gestalten trugen alle zerschlissene Uniformen und hielten Waffen in ihren bleichen Händen. Ihre verfallenen Gesichter waren grau. Ab und an schimmerten Knochen hindurch. Sie zischten und grunzten, aber niemand fasste uns an.

Schließlich standen wir vor Verwesius' Thron. Der König erhob sich, sah nach links und gab ein Zeichen. Die umstehenden Zombies traten zur Seite und gaben den Blick auf einen großen quadratischen Gegenstand frei, der von einem fleckigen Tuch bedeckt war.

Verwesius nickte kurz und einer der Untoten riss das Tuch herunter. Zum Vorschein kam ein Käfig aus Holz und darin saß …

„Meck!“, kreischten wir, als wir unseren Freund erkannten.

Meck blinzelte in die Sonne, dann kullerte ihm eine Freudenträne übers Gesicht. „Meine Geister-Gang!“, rief er erleichtert. „Ihr seid es wirklich. Ich …“

„Ruhe!“, unterbrach Verwesius wütend unseren Freund. „Hier redet nur, wer meine Erlaubnis hat.“

Störti wurde rot vor Wut. Ich legte ihm beschwichtigend meine Hand auf einen seiner kräftigen Arme.

„Nun, ich sehe, dass ihr tatsächlich gekommen seid“, fuhr Verwesius fort. „Tapfer, tapfer. Der SCHLUND hatte recht. Ihr seid nicht zu unterschätzen. Nun habe ich euch alle hier beisammen. Lasst den dicken Jungen aus dem Käfig. Ich halte mein Wort.“

Ein Zombie öffnete Mecks Käfig und unser Freund trat hinaus und stolperte etwas wackelig, aber offenbar unverletzt auf uns zu. Wir umarmten uns alle. Gurki stellte sich kurz vor und Meck konnte sich ein Grinsen nicht verkneifen. Er sah trotz unserer misslichen Lage überglücklich aus, weil er nun nicht mehr allein war.

„Wie ich hörte, hat der SCHLUND noch eine Rechnung mit euch offen“, fuhr Verwesius fort. „Jede Nacht besuche ich ihn hinter dem großen Wasserfall und empfange seine Botschaften. Ich werde euch zu ihm bringen.“ Und mit einem fiesen Grinsen fügte er hinzu: „Aber erst wollen wir unseren Spaß mit euch haben.“

EIN CLEVERER PLAN

Verwesius wandte sich an seine untoten Untertanen. „Männer, welche Prüfung soll ich ihnen auferlegen?“

„Den Kampf, den Kampf!“, tönte es aus Tausenden von Kehlen rau zurück.

„So hört, was eure Aufgabe ist“, sprach Verwesius, nachdem er die Untoten mit einer Geste zum Schweigen gebracht hatte. „Zwei von euch werden in der Arena gegeneinander antreten. Sie werden so lange kämpfen, bis nur noch einer lebt. Kämpft, oder ich suche mir einen von euch aus und töte ihn eigenhändig!“

Ich war entsetzt. Das konnte dieser klapprige Möchtegernkönig ja wohl nicht ernst meinen!

Verwesius deutete auf ein kleines Zelt. „Da, geht dort hinein und besprecht euch, wer in die Arena gehen soll.“

Störti griff wütend nach seinem Säbel. Doch ehe er ihn ziehen konnte, flüsterte ich ihm zu: „Tu es nicht, Störti. Lass uns erst reden.“

Mein Piratenfreund sah mich an, zögerte kurz, nickte dann aber und wir trotteten in das Zelt und schlossen hinter uns den Eingang.

„Niemals werde ich zulassen, dass zwei von uns gegeneinander kämpfen“, brummte Störti und konnte seine Wut kaum unterdrücken. „Ich werde jetzt da rausgehen und diesen Dörrfleischkönig einen Kopf kürzer machen!“

„Und dann?“, fragte ich. „Es sind Tausende Zombies da draußen, die keine Sekunde zögern würden, ihren Anführer zu rächen. Wir hätten keine Chance.“

„Lieber gemeinsam untergehen, als jede Ehre verlieren“, antwortete der Pirat und verschränkte die Arme vor der Brust.

Bea nickte, aber ich sah Tränen in ihren Augen. Gurki sah ganz schön geknickt aus.

„Leute, hört mal. Ich habe eine Idee“, sagte Meck. „Ich hatte genug Zeit, um diese Typen zu studieren. Sie sind gefährlich, aber ehrlich gesagt auch saublöd, bis auf Verwesius und diesen Fabrizius Faulig jedenfalls. Die sind zwar auch dämlich, aber nicht ganz so doof wie die anderen."

„Aber was nützt uns die Tatsache, dass die Zombies blöd sind?", wollte Bea wissen.

„Wir können sie reinlegen", antworte Meck. „Und vielleicht etwas Zeit gewinnen. Hinter dem Wasserfall – das habe ich mitbekommen – trifft sich Verwesius regelmäßig mit dem SCHLUND. Aber dort sollen auch die Ausgänge sein, die aus dieser Welt herausführen. Wir müssen da nur irgendwie hinkommen. Vielleicht schaffen wir es ja, den richtigen Ausgang nach Hause zu finden."

„Und wie sollen wir die Zombies reinlegen?", fragte Bea.

„Indem wir zum Schein auf ihre Forderung eingehen. Zwei von uns tun so, als würden sie miteinander kämpfen. Die Untoten Hosen sind süchtig nach so einer Art von Unterhaltung. Ganz schön makaber, wenn ihr mich fragt."

„Aber was soll uns das bringen, Meck?", fragte ich zweifelnd.

„Die beiden Kämpfenden müssen eine gute Show abliefern und sich während ihres Zweikampfes immer weiter in Richtung Wasserfall bewegen“, antwortete Meck. „Ich habe gehört, dass an seiner linken Seite ein Durchgang ist. Da müssen wir es irgendwie hinschaffen. Die Zombies sind nicht besonders schnell. Ich weiß, das bin ich auch nicht. Aber gegen die Typen bin ich Weltmeister im Hundertmeterlauf.“

„Bescheuerte Idee“, sagte Bea.

„Hast du eine bessere?“, fragte Meck.

Bea zuckte mit den Schultern.

„Ich finde, das klingt gut“, sagte Gurki und grinste verschmitzt, als sie fortfuhr. „Ihr habt schließlich auch gedacht, dass sich die Quallen und die Seegurken eine furchtbare Schlacht bis aufs Blut geliefert haben, oder?“

„Stimmt“, sagte ich. „Das lag aber auch an diesen ganzen Reden und so weiter. Das klang alles so echt!“

„Und genauso müssen wir das hier auch machen“, sagte Gurki. „Reden halten und so!“

„Aber wer von uns soll antreten?“, fragte Störti. „Wer soll so tun, als ob?“

„Ich schlage Horst und Stribbi vor“, sagte Meck. „Horst fliegt zwischen den Attacken auf Stribbi immer wieder weiter in Richtung Wasserfall und alle werden dem Kampfgeschehen folgen. So kommen wir immer dichter an den Ausgang ran.“

Horst nickte.

Stribbi guckte etwas verwirrt. „Ich soll Horst wehtun?“, fragte das Vampirhörnchen. „Das mach ich nicht.“

„Nein, Stribbi“, sagte ich. „Du sollst nur so tun. Aber es muss echt aussehen. Das soll diese Zombies ablenken.“

„Ach so“, sagte Stribbi. „Dann tu ich nur so und sehe echt aus.“

„Aber Stribbi, du musst mit deinen scharfen Krallen wirklich aufpassen, dass du Horst nicht verletzt“, sagte Bea. „Wartet mal, ich habe eine Idee.“ Sie nahm das Lederarmband ab, das sie um ihr Handgelenk trug, kniete sich hin und band es Horst vorsichtig um den Hals.

„So“, sagte sie. „Das wird dich schützen. Jetzt kann Stribbi dir richtig an die Kehle gehen und in das Lederarmband beißen. Man sieht es gar nicht, weil deine Federn die gleiche Farbe haben.“

Horst schüttelte sich einmal, flog dann ein paar Runden im Zelt umher und piepste: „Das geht. Ich kann gut fliegen und Stribbi hat jetzt was zum Reinbeißen. Ich werde so tun, als ob ich sterbe, Leute.“

„Aber ich beiß echt nur ins Leder, Horst. Versprochen“, sagte Stribbi und grinste.

„So“, sagte ich, „dann lasst uns da jetzt rausgehen und unser Glück versuchen. Ich schlage vor, dass Gurki wieder eine Rede hält. Genauso eine wie bei der Schlacht der zwei Heere. Die war wirklich sehr überzeugend. Und Bea kann auch gut sabbeln“, fügte ich hinzu und knuffte sie in die Seite. „Sie muss auch was sagen.“

„Kein Problem“, sagte Bea und grinste mich an. „Die Typen sülz ich voll!“

„Nun gut, verehrte Mitglieder der Geister-Gang“, sagte Störti feierlich. „Lasst uns da rausgehen und diese Dörrfleischpenner nach Strich und Faden verarschen.“

Dann schlug er die Zeltplane zurück, trat hinaus ins Freie und brüllte: „Hört her, ihr Untoten Hosen! Die Entscheidung ist gefallen! Die berühmte Luftwaffe der Geister-Gang, der gefürchtete Kampfspatz Horst der Hartherzige, wird gegen das teuflisch gefährliche Vampirhörnchen Stribbi Stracciatella kämpfen. Also los, ihr Leichtmatrosen, bildet einen Kreis!“

„Nun mal ganz langsam, Freundchen!“, dröhnte Verwesius von seinem Thron herab. „Noch gebe ich hier die Befehle. Also, äh, bildet einen Kreis, Leute.“

Die Untoten Hosen taten, was ihnen befohlen worden war. Um uns, die Mitglieder der Geister-Gang, ließen sie eine große Fläche für den Kampf frei.

Würde unser verrückter Plan gelingen? Es gab nur diese eine Chance. Wir mussten den Wasserfall erreichen.

Horst flog in die eine Ecke des Kreises und versuchte, so grimmig zu gucken, wie er konnte. Meck trat hinter ihn und massierte ihm vorsichtig den Rücken wie ein Boxtrainer.

Stribbi sprang in die andere Ecke, fletschte seine spitzen Zähne und fauchte. Bea und ich flüsterten ihm taktische Kommandos zu.

Störti stellte sich wie ein Ringrichter in die Mitte und rief: „Noch zwei Minuten bis zum Kampf. Bitte begrüßen Sie unsere Ringsprecherin, Gräfin Gurki Gurkumawatz die Erste!"

Einige der Zombies klatschten, bis Verwesius sie mit einem bösen Blick zur Ruhe brachte.

Gurki krabbelte in die Mitte des Kreises, richtete sich zu voller Größe auf und sprach mit feierlicher Stimme: „Hochwohlgeborener Verwesius der Erste, König der Untoten Hosen und Verwesendster aller

Verwesenden. Liebe Untote Hosen, ihr gefürchteten und geschätzten Zombies – hier wird jetzt der Kampf der Kämpfe stattfinden. Es kann nur einen geben – nur einen, der diesen sensationellen Kampf überleben wird! Wird es der Herr der Lüfte, Horst der Hartherzige, sein? Oder wird der Anführer der Vampirhörnchenbodentruppen, Stribbi Stracciatella, diesen Kampf für sich entscheiden können? Schnelligkeit und Geschicklichkeit ist beiden gegeben. Das Vampirhörnchen hat die furchtbareren Waffen. Aber der Terrorvogel kann von oben herabstoßen wie ein Falke. Beide sind in ihren Gewichtsklassen ungeschlagen. Niemand hat sie bisher je bezwungen. Nun kommt die Stunde der Entscheidung! *Lets get ready to rumble!* Der Kampf beginnt – *jetzt!*“

STRIBBI GEGEN HORST

Nach Gurkis feierlicher Rede herrschte gespannte Stille im Tal der Untoten Hosen. Alle Augen waren auf die beiden Kämpfer gerichtet.

Und dann ging es los.

„Attacke!“, schrie Stribbi entschlossen und stürmte auf Horst los.

Der ließ das Vampirhörnchen dicht herankommen und flog dann senkrecht in die Luft.

Stribbi konnte nicht mehr bremsen und knallte gegen einen der Zombies.

„’tschuldigung“, sagte Stribbi und drehte sich suchend um.

Aber da kam Horst schon von oben herangestürzt, schoss an dem Vampirhörnchen vorbei und hackte nach ihm mit seinem Schnabel. Horst traf

Stribbi nicht wirklich, aber das Vampirhörnchen spielte seine Rolle gut, schrie laut auf und wand sich scheinbar vor Schmerzen.

Horst flog ein ganzes Stück in Richtung Wasserfall und stieß dann in die Menge der Zombiezuschauer herab. Sofort bildete sich eine Gasse. Wir Geister-Gang-Mitglieder schlossen schnell zu Horst auf. Der saß am Boden und wartete. Stribbi stürmte los und schrie: „Na warte, das kriegst du zurück!"

Wieder wollte Horst nach oben ausbrechen und flog schon hoch, aber Stribbi sprang nun seinerseits in die Luft, fuhr seine Krallen aus und traf den fliegenden Vogel an der Seite. In Wirklichkeit streifte er nur Horsts Federn. Aber unser Spatzenfreund war auch ein guter Schauspieler. Horst fiepte laut auf, flog sehr hoch, taumelte, machte einen Salto und stürzte – klagende Laute von sich gebend – in Rich-

tung des Wasserfalls vom Himmel herab. Kurz vor dem Aufprall bremste er gerade noch rechtzeitig ab und landete unsanft auf dem Boden. Der Spatz kam mühsam wieder auf die Beine.

Der Wasserfall war nun schon sehr nahe.

Wieder bildeten die Zombies eine Gasse. Wieder schlossen wir zu Horst auf.

Stribbi stürmte fauchend heran. Horst warf sich zur Seite. Stribbi knallte gegen einen Felsen und blieb benommen liegen. Horst griff sich mit seinen Krallen einen kleinen Stein, flog über Stribbi hinweg und ließ den Stein wie eine Bombe fallen. Die Zombies stöhnten auf. War das das Ende des Kampfes? Aber Horst hatte den Abwurf genau berechnet. Der Stein verfehlte Stribbi ganz knapp. Das Vampirhörnchen rappelte sich wieder auf, packte den Stein und warf ihn nun seinerseits nach Horst. Der wich in letzter Sekunde aus. Der Stein streifte sein Federkleid. Horst tat aber so, als ob er schwer getroffen war, piepste herzzerreißend, hielt sich noch kurz unkontrolliert hin und her flatternd in der Luft, ging dann direkt vor dem Wasserfall zu Boden und blieb dort mit ausgestreckten Flügeln auf dem Rücken liegen. Stribbi stürmte heran, riss sein Maul auf und schlug dem Spatz seine scharfen Reißzähne in die Kehle.

Ein Stöhnen kam aus Tausenden von Zombiekehlen.

In Wirklichkeit biss Stribbi nur in Beas Lederarmband, aber Horst gab einen gurgelnden Laut von sich und zappelte. Stribbi hielt Horst nun fest in seinem Maul. Der zuckte noch einmal, tat dann, als ob er tot wäre, und ließ beide Flügel hängen.

Stribbi öffnete sein Maul. Horst fiel zu Boden und rührte sich nicht mehr.

Störti, Meck, Gurki, Bea und ich stürmten zu ihm.

Bea kniete vor Horst und machte scheinbar ein paar Wiederbelebungsversuche, schüttelte dann aber den Kopf.

Ein Raunen ging durch die Zombiemenge.

Bea stand auf. Sie hob die Arme und sagte mit

feierlicher Stimme: „Horst der Hartherzige, Herrscher der Lüfte, ist tot. Besiegt in einem packenden Kampf zweier Titanen. Horst hinterlässt fünfzehn Küken und eine trauernde Spatzenfrau in seinem Heimatland. Nie wieder wird sein Zwitschern durch die Wälder hallen. Seine Kinder werden als Halbwaisen aufwachsen. Vaterlos. Vielleicht werden sie verhungern oder in den Silberminen schuften müssen."

Einige der Zombies schluchzten vor Ergriffenheit.

Aber Bea war noch nicht fertig. „Lasst uns unserem Freund gemeinsam die letzte Ehre erweisen", fuhr sie fort. „Verehrter König Verwesius, hochwohlgeborener Fabrizius Faulig, all ihr Untoten Hosen, die ihr diesen Kampf wolltet, wir bitten euch, gemeinsam mit uns um unseren Freund zu trauern. Bitte lasst uns in stillem Andenken für eine Weile zu Boden blicken."

Alle Zombies taten es. Selbst ihr König Verwesius war so ergriffen von Beas Rede und dem packenden Kampf, dass auch er zu Boden sah, um dem verstorbenen Horst die letzte Ehre zu erweisen.

Der aber zwinkerte uns gerade zu. Wir standen

jetzt alle zusammen direkt neben dem Wasserfall. Als wir uns sicher waren, dass wirklich jeder Zombie den Blick auf den Boden gerichtet hatte, gingen wir langsam rückwärts in Richtung Wasserfall. Horst rappelte sich auf, schüttelte sich ein wenig Staub aus den Federn und hüpfte hinter uns her.

Wir hielten uns links. Hier irgendwo musste es einen Weg durch den Wasserfall geben. Und tatsächlich: Da war eine Öffnung im Felsen! Hier musste es sein. Es waren keine zehn Meter mehr bis dorthin. Dann nur noch fünf.

Da blickte König Verwesius auf. Sah Horst. Sah uns. Sah den Eingang zum Wasserfall, zählte eins und eins zusammen und schrie: „Männer!"

Die Untoten Hosen blickten auf.

„Ach du grüne Gurke", sagte Gurki neben mir.

Verwesius deutete auf den Wasserfall und brüllte: „Betrug! Haltet sie auf!" Dann sprang er selber von seinem Thron herab und stürmte auf uns los.

Wir rannten auf die Felsspalte zu. Ich schnappte mir Gurki und Stribbi.

Noch drei Meter.

Die Zombies kamen näher. Die, die uns am nächsten gestanden hatten, waren nun schon sehr dicht hinter uns.

Störti drehte sich um, zog seinen Säbel und seine Pistole und ging sofort auf unsere Verfolger los. Die ersten vier Zombies fielen sofort unter seinen Hieben um. Störti brüllte: „Attacke!“, rannte fünf weitere über den Haufen und kämpfte wie ein Löwe.

Das verschaffte uns ein wenig Luft. Die Untoten Hosen zögerten kurz. Das hatten sie nicht erwartet. Aber diese wenigen Sekunden reichten uns. Der Eingang war nun direkt vor uns, ein Tunnel, unmittelbar neben dem Wasserfall.

Wir stürmten hinein. Zuerst Meck, dann Bea und ich mit Gurki und Stribbi auf den Schultern. Horst flatterte über unseren Köpfen. Als Letzter stürmte Störti in den Tunnel.

HINTER DEM WASSERFALL

Eisige Kälte hüllte uns ein. Wir hörten das Donnern des Wasserfalls, Störtis Schritte hinter uns und das Gebrüll unserer Verfolger. Der Tunnel war allerdings so eng, dass nur wenige auf einmal uns folgen konnten. Störti drehte sich immer wieder kurz um, kämpfte einige der Verfolger nieder und verschaffte uns so einen weiteren Vorsprung.

Nun konnten wir schon Licht am anderen Ende des Tunnels sehen. Aber was würde uns dort erwarten? Und wie sollten wir mit den Zombies fertigwerden?

Störti sorgte eher ungeplant für die Lösung des Zombieproblems. Als er mit der Pistole in der Hand rückwärts weiterlief, stolperte er über seine eigenen Füße. Er fiel auf den Hosenboden und schoss dabei

versehentlich mit seiner Pistole in die Tunneldecke.

Steine fielen herab. Erst nur ein paar kleine, dann immer mehr. Die Decke des Tunnels erbebte. Es knirschte laut. Und dann donnerte direkt vor Störti ein großer Felsbrocken herunter.

„Die Decke stürzt ein!“, schrie Störti. „Lauft, Kinder!“

Und wir liefen. So schnell wir konnten. Es krachte gewaltig.

Dann hatten wir das Ende des Tunnels erreicht und waren wieder im Freien.

Staub hüllte alles um uns herum ein. Erst als er sich wieder gelegt hatte, sahen wir, dass der Ausgang des Tunnels komplett mit Steinen verschüttet war.

„Störti!“, brüllten wir alle gleichzeitig, als uns klar wurde, dass unser Piratenfreund von den Trümmern verschüttet worden sein musste. Bea schlug entsetzt die Hände vors Gesicht.

„Los!“, rief Meck. „Wir müssen ihm helfen!“

Und alle lösten sich aus ihrer Erstarrung und wir fingen an, den Ausgang mit bloßen Händen von den Trümmern zu befreien. Doch es war vergeblich. Horst konnte nur kleine Steinchen in die Krallen nehmen und Gurki und Stribbi waren auch nicht gerade muskelbepackt. Die Felsen waren einfach zu groß und schwer. Und vor allem waren sie so sehr ineinander verkeilt, dass wir sie einfach nicht losbekamen. Schon nach wenigen Minuten waren wir am Ende unserer Kräfte.

„Störti“, sagte Bea leise und begann zu weinen. Und auch uns anderen kamen die Tränen. Wir hatten unseren Kameraden und Kapitän im Tunnel verloren. Er hatte uns heldenhaft den Rücken freigehalten und war von den tonnenschweren Trümmern begraben worden.

„Störti, du musst da wieder rauskommen“, piepste Stribbi niedergeschlagen.

„Er war ein großer Kämpfer und tapferer Pirat“, sagte Gurki mit feierlicher Stimme.

Ich sagte gar nichts. Ich fand keine Worte und war einfach nur entsetzt und sehr, sehr traurig.

Minutenlang saßen wir alle am Boden. Erst allmählich registrierten wir, wo wir uns überhaupt befanden, nämlich auf einer Art Hochplateau aus Felsen. Inzwischen war der Nebel um uns herum aufgerissen und wir konnten in weiter Ferne ein großes Gebirge erkennen.

Aber eigentlich interessierte uns das nicht, denn die Trauer um Störti war einfach zu groß.

„Ich will, dass er wiederkommt“, piepste Horst.

„Ja“, antwortete ich. „Das wollen wir alle. Aber schau dir die Trümmer an. Selbst Störti schafft das nicht, da rauszukommen.“

„Na, das wollen wir doch erst mal sehen, ihr Leichtmatrosen!“, tönte da Störtis Stimme dumpf aus dem Geröllberg vor dem Tunnelausgang.

„Störti!“, schrien wir alle und sprangen auf. „Du lebst!“

„Das kann man so nicht sagen“, antwortete der

Pirat. „Schließlich bin ich ein Geist. Aber sagen wir mal: Irgendwie mische ich noch mit, Kinnings. Ich muss nur noch diese Steinchen aus dem Weg kriegen. Und ich gebe zu, dass das selbst für einen Kerl wie mich keine leichte Aufgabe ist. Aber wartet mal. Ich glaube …"

Und dann kam Bewegung in den Geröllhaufen. Ein großer Felsbrocken in der Mitte schob sich nach vorn und fiel polternd zu Boden. Störtis Kopf tauchte in der Öffnung auf, etwas staubig, aber unverkennbar unser Piratenfreund.

„Da seid ihr ja! Nun guckt nicht so bedröppelt, Matrosen! Ich bin ja wieder da. Und jetzt helft mal mit."

Sofort zogen und zerrten wir wie verrückt an den Felsbrocken und schoben die herumliegenden Trümmer beiseite. Und schon nach wenigen Minuten konnten wir unseren Störti endlich wieder in die Arme schließen.

Es gab großes Gejubel. Wir tanzten um den Piraten herum und konnten unser Glück gar nicht fassen. Die Geister-Gang war wieder vollzählig.

„So, Kameraden, jetzt lasst uns mal gucken, wie das Ganze weitergeht“, sagte Störti irgendwann. „Noch sind wir ja nicht zu Hause.“

Damit hatte er leider recht.

EIN NEUER CHAMPION

Durch den gelichteten Nebel konnten wir sehen, dass von unserem Felsplateau aus drei Brücken über eine Schlucht führten. Wohin genau, konnten wir nicht erkennen. Aber vor jeder Brücke stand ein Schild. Auf dem ersten stand RÄTSEL, auf dem zweiten KAMPF und auf dem dritten WETTBEWERB.

„Wir müssen uns wohl für eine entscheiden", sagte ich. „Hier können wir ja nicht bleiben."

„Und zwar schnell“, sagte Bea mit Panik in der Stimme und deutete nach oben.

Und jetzt sahen wir es alle. Eine große Röhre, die wie das Maul eines großen Wurms aussah, stieß aus den Wolken hervor und schoss mit rasender Geschwindigkeit auf uns zu.

Der SCHLUND!

„Los jetzt! Entscheidet euch!“, rief Störti. „Ich bin für KAMPF!“

„Nein“, widersprach Bea. „Das hatten wir gerade. Ich bin für WETTBEWERB. Das klingt deutlich angenehmer.“

Die Röhre kam näher. Ein gewaltiges Brausen war zu hören.

„Dann los, rauf auf die Wettbewerbsbrücke!“, schrie ich und rannte los.

Die anderen folgten mir und kaum waren wir alle auf der Brücke, verstummte das Brausen. Nur einen Sekundenbruchteil später standen wir an einem großen See. Die Sonne schien. Es war warm. Hinter uns waberte noch die Nebelwand, aber das hier vor uns sah wie das Paradies aus.

„Und warum stand ‚Wettbewerb‘ auf dem Schild?“, fragte Bea irritiert. „Ich sehe hier nichts, was dafür infrage käme.“

„Doch, doch“, ertönte da eine Stimme neben uns.

Wir zuckten zusammen. Störti war sofort wieder kampfbereit, aber was wir jetzt sahen, wirkte keineswegs bedrohlich. Neben uns stand ein dickes Männchen, das mit einem dichten Pelz bewachsen war.

Und es trug eine Badehose.

Keiner von uns sagte etwas.

„Also, die Sache ist ganz einfach“, sagte das Männchen nach ein paar Sekunden unangenehmer Stille. „Da vorn ist der See. Es ragt ein Steg hinein, der sich etwa drei Meter über der Wasseroberfläche befindet."

Das Männchen schwieg.

„Und?", fragte Bea schließlich. „Das ist ja rasend interessant. Aber was soll denn das nun für ein Wettbewerb sein?"

„Also, die Sache ist ganz einfach", begann das Männchen erneut. „Wir nennen das Ganze den Ärschlebömblewettbewerb."

„Den *was?*", fragte Bea.

„Also, die Sache ist immer noch ganz einfach", antwortete das Männchen. „Einer von euch tritt gegen einen von uns an. Beide springen vom Steg ins Wasser und wer mehr Wasser verdrängt und verspritzt, hat gewonnen."

„Das gibt's doch nicht", kicherte

Meck. „Der Typ meint einen Arschbombenwettbewerb!“

„Wir nennen es aber Ärschlebömblewettbewerb. Das klingt netter“, gab das Männchen zurück. „Ich heiße übrigens Ben. Darf ich euch nun meine Mannschaft vorstellen?“

Und wie auf Kommando tauchten hinter ihm zehn andere fellbewachsene, dicke Männchen in bunten Badehosen auf.

Schließlich standen sie alle nebeneinander und grinsten uns an.

„Und was passiert, wenn beide Seiten gesprungen sind?“, fragte ich.

„Also, die Sache ist ganz einfach“, sagte Ben. „Wir messen die Wasserverdrängung und Aufprallgeschwindigkeit mit unserem Bömblemeter und dann ist eine Seite der Sieger.“

„Und dann?“, fragte Bea weiter.

„Also, die Sache ist ganz einfach“, fuhr Ben fort. „Wenn ihr verliert, müsst ihr bleiben, bis ihr alt und grau seid. Und wenn ihr gewinnt, sagen wir euch, wie ihr hier rauskommt.“

„Also“, sagte Bea, „dann ziehen wir uns mal zur Beratung zurück.“

Wir gingen ein Stück zur Seite und besprachen uns.

„Ich bin dafür, dass wir uns sofort einen der Kerle schnappen“, meinte Störti. „Ich kriege schon aus dem heraus, wie wir von hier wegkommen.“

„Hm“, sagte ich. „Das können wir immer noch machen. Aber warum sollten wir uns nicht erst einmal dem Wettbewerb stellen? Das klingt doch recht harmlos.“

Alle nickten.

„Aber wer soll springen?“, piepste Stribbi.

„Störti ist der Größte“, sagte Gurki.

Störti blickte zu Boden. „Na ja“, murmelte er. „Ich würde das wirklich gern machen. Aber wie alle Piraten hasse ich es, ins Wasser zu springen. Ich kann nämlich nicht schwimmen. Ich kämpfe lieber. Soll ich mir nicht doch mal einen von den dicken Kerlen schnappen?“, fragte er hoffnungsvoll.

„Lieber nicht, Störti“, sagte Meck. „Lass es uns ausnahmsweise mal auf die sanfte Tour versuchen. Es gibt nämlich die perfekte Lösung.“

Ich sah erst Meck an, schaute dann zu Bea und wir beide grinsten. Meck, das wussten wir, war bei uns zu Hause der absolute Arschbombenspezialist. Niemand konnte im Schwimmbad beim Sprung vom Dreier größere Fontänen erzeugen. Er war einfach die perfekte Mischung aus Technik und idealem Hinternumfang.

„Meck macht es!", sagte Bea.

So war es beschlossen und wir gingen zurück zu den haarigen Männchen.

Meck trat vor und sagte: „Ich mach's. Aber ihr fangt an."

Ben guckte zwar etwas verdutzt, nickte dann aber und winkte einen seiner Kumpels herbei.

„Also, die Sache ist ganz einfach", sagte Ben und deutete auf das Männchen, das sich nun neben ihn gestellt hatte. „Das ist Wolfram, diesjähriger Meister im Ärschlebömblewettbewerb. Und nebenbei ungeschlagen seit fünfzig Jahren."

„Okay", sagte Meck, „dann soll er mal zeigen, was er kann."

Wolfram machte ein paar Kniebeugen und Dehnübungen, nahm dann Anlauf, rannte los auf den Steg, sprang ab, machte einen Salto und landete mit dem Hintern auf dem Wasser. Es platschte gewaltig und eine große Fontäne ergoss sich über den Steg.

Aus den Reihen der Fellmännchen war Gemurmel zu hören. Einige von ihnen nickten anerkennend.

Ben ging zum Steg, sah auf eine kleine Armatur und rief: „Das Bömblemeter sagt: vier Liter Fontänenverdrängung und eine Aufprallgeschwindigkeit von vierzehn Backenmetern pro Sekunde!"

Die anderen Felltypen applaudierten.

Alle Augen richteten sich nun auf Meck. Der schaute uns an, runzelte die Stirn und meinte: „Das war nicht übel. Aber der Mann ist zu schlagen. Der Aufprallwinkel war nicht perfekt."

Dann zog sich Meck bis auf die Unterhose aus, fixierte das Wasser und den Steg, holte tief Luft und rannte los.

Kurz vor dem Absprung, fast am Ende des Stegs, beschleunigte er noch einmal, schrie: „Jawoll, volle Kanne!", sprang in die Höhe, machte einen perfekten Salto, zog die Knie dicht an den Körper und don-

nerte mit einem lauten Platschen auf die Wasseroberfläche. Eine kolossale Fontäne spritzte hoch und überschwemmte den halben Steg.

„Tsunami-Meck“, sagte Bea bewundernd.

Dann schwamm Meck grinsend wieder ans Ufer. „Schön warm, die Brühe hier“, sagte er.

Ben ging langsam zum Steg. Er schien seine Niederlage zu ahnen. Er sah auf die Armatur am Steg und murmelte: „Viereinhalb Liter Fontänenverdrängung und eine Aufprallgeschwindigkeit von achtzehn Backenmeter pro Sekunde. Ich fasse es nicht. Das ist leider ein neuer Weltrekord.“

Jubel brandete auf im Lager der Geister-Gang. Störti warf Meck drei Mal hoch und verlieh ihm die Ehrennadel der Piratenzunft in Gold, Platin und Schokolade mit Nuss.

Die haarigen Männchen guckten etwas bedröppelt. Wolfram näherte sich und fragte Meck: „Meister aller Klassen, neuer Champion der Ärschlebömblezunft. Wie ist dir dieser Wahnsinnssprung gelungen?“

„Nun“, antwortete Meck. „Die Sache ist

eigentlich ganz einfach. Dein Sprung war super, aber der Aufprallwinkel war nicht optimal. Wichtig bei Arschbomben ist es, die Knie rechtzeitig dicht an den Körper zu ziehen. Füße und Po müssen eine Linie beim Aufprall bilden. Und man muss irgendwas laut rufen. Egal was. Dann funktioniert es perfekt. Getreu dem berühmten Lehrsatz des Arschbombenforschers Hubertus Töne Backen-Bratzler: ‚Je höher, desto platsch‘!“

„Was redet Meck denn da für einen Unsinn?“, flüsterte Bea.

„Keine Ahnung“, lachte ich. „Hauptsache, er hat gewonnen.“

Ben reichte Meck ein Handtuch und schüttelte ihm die Hand.

„So“, sagte Störti schließlich, als Meck sich wieder angezogen hatte. „Nun mal raus mit der Sprache, Leute. Wie kommt man hier raus aus dieser sonderbaren Welt?“

Ben nickte und zeigte auf eine kleine Hügelkette ganz in der Nähe. „Die Sache ist im Grunde ganz einfach. Seht ihr den Hügel dort? Von da aus führen mehrere Türen aus dieser Welt heraus. Nehmt die dritte Tür von rechts. Aber schließt die Augen dabei. Es wird sehr hell. Und dann viel Glück. Es ist nicht ganz einfach, dort, wo ihr dann seid, das Tor in die richtige Dimension zu finden."

Wir sahen uns an. Unlösbare Aufgaben kannten wir ja schon. Wir verabschiedeten uns von Ben, Wolfram und den anderen haarigen Männchen und machten uns auf den Weg zu dem Hügel.

NACHRICHT AUS DEM DIESSEITS

Es dauerte nicht lang, bis wir die Türen, von denen Ben gesprochen hatte, erkennen konnten. Vor der dritten Tür blieben wir stehen. Durch das Schlüsselloch fiel Licht auf das Gras vor der Tür. Irgendetwas sehr Helles musste dahinter sein. Es sah aus, als ob jemand mit einem sehr starken Scheinwerfer von der anderen Seite auf die Tür leuchten würde.

„Ich würde mal sagen: Augen zu und durch", scherzte ich. „Wir nehmen uns an den Händen. Gurki und Horst, ihr setzt euch auf Störtis Schultern. Stribbi, du kannst dich bei mir festhalten."

Als die drei ihre Plätze eingenommen hatten, nahm ich Beas Hand, Bea nahm Mecks und Meck nahm Stötis Hand. Dann fragte ich: „Seid ihr bereit?"

„Ja!“, riefen die anderen wie aus einem Mund und schlossen die Augen.

Ich tat es ebenfalls und öffnete mit meiner freien Hand die Tür.

Ein lautes Sirren war zu hören. Und selbst durch meine geschlossenen Augen sah ich die irrwitzige Helligkeit. Aber ich hatte festen Boden unter den Füßen und ging vorsichtig los.

Die anderen folgten mir. Ich konnte sie spüren und hören. So gingen wir langsam weiter. Und irgendwann ließ die Helligkeit schließlich nach.

Vorsichtig öffnete ich die Augen.

Wir standen auf einer riesigen weißen Fläche, die aussah wie ein gigantischer, gefrorener Ozean. Man konnte seine Ausmaße nicht mal ansatzweise erahnen. Eine helle und sehr heiße Sonne strahlte senkrecht von oben auf uns herunter. Mir wurde schlagartig sehr warm.

Direkt vor uns ragte ein riesiges Gebäude auf, hoch wie ein Wolkenkratzer. Es war ebenfalls weiß. An allen vier Seiten des Gebäudes sahen wir unzählige geöffnete Fenster. Und aus allen waren irgend-

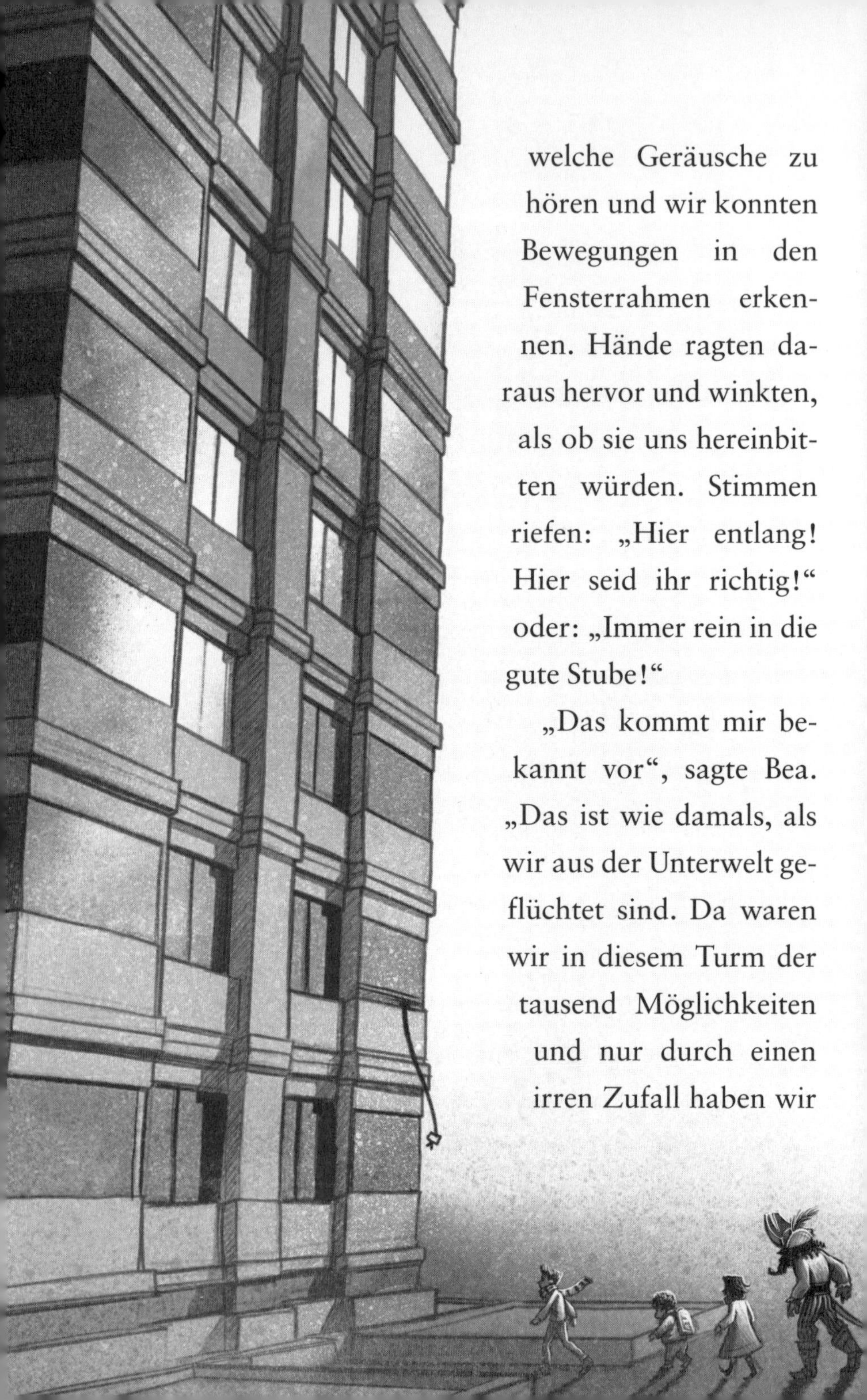

welche Geräusche zu hören und wir konnten Bewegungen in den Fensterrahmen erkennen. Hände ragten daraus hervor und winkten, als ob sie uns hereinbitten würden. Stimmen riefen: „Hier entlang! Hier seid ihr richtig!" oder: „Immer rein in die gute Stube!"

„Das kommt mir bekannt vor", sagte Bea. „Das ist wie damals, als wir aus der Unterwelt geflüchtet sind. Da waren wir in diesem Turm der tausend Möglichkeiten und nur durch einen irren Zufall haben wir es da rausgeschafft, weil Till diesen Spruch aus der Geisterbahn wiedererkannt hat."

„Ja", antwortete ich. „Nur konnten wir uns damals ganz einfach vor die verschiedenen Ausgänge setzen und horchen. Das geht hier nicht. Wie sollen wir da überall hochkommen? Das Ding ist doch mindestens hundert Meter hoch!"

„Wir müssen uns konzentrieren", sagte Meck. „Vielleicht hören oder sehen wir ja doch was, was uns weiterhilft."

Und das taten wir.

Wir horchten angestrengt auf das Gebrabbel, das aus den Fenstern kam. Aber keiner der Sätze kam uns bekannt vor oder brachte uns weiter. Und auch das ständige Winken der vielen Hände war nicht gerade hilfreich.

Stribbi kletterte auf Störtis Schulter, um die Geräusche und Stimmen aus den höher gelegenen Fenstern zu verstehen. Horst drehte weit über unseren Köpfen seine Kreise und kam immer wieder zu uns herunter, um Bericht zu erstatten.

Unter den gnadenlosen Strahlen der grellen Sonne

wurde es immer heißer. Wir hatten das Gebäude inzwischen mehrmals umkreist und hatten noch nichts gehört oder gesehen, was uns bekannt vorkam.

Wir wussten nicht weiter. Erschöpft und müde setzten wir uns in den Staub. Sollte dies das Ende sein? Verdursten, so kurz vor dem Ziel?

„Da!“, sagte Meck plötzlich und zeigte nach oben in den dritten Stock des Gebäudes.

Wir sahen alle hin und wussten sofort, was Meck meinte. Das Ende eines dicken Seils war in einem der Fenster aufgetaucht. Und an dem Seil hing ein Zettel.

„Was ist das?“, fragte Bea.

„Hm ... Scheint irgendeine Nachricht zu sein, die an einem Seil hängt“, antwortete ich.

„Stimmt, aber das hilft uns nicht im Geringsten weiter, weil wir nicht lesen können, was drauf steht“, sagte Meck und klang verzweifelt.

„Aber ich kann nicht nur sprechen, sondern auch lesen!“, warf jetzt Horst ein. „Nur mit dem Schreiben hapert es etwas.“

„Dann hoch mit dir zum Fenster, tapferer Matrosenvogel!“, rief Störti. An seiner Stimme konnte ich erkennen, dass er ganz schön erschöpft war.

Horst legte einen Flügel an die Stirn, sagte: „Aye, aye, Käpt’n!“, und flog hoch.

Schnell hatte er das Fenster mit dem Seil erreicht, hockte sich auf den Fenstersims, legte den Kopf schief und begann zu lesen. Dann nickte er einmal mit dem Kopf und flog wieder zu uns herunter.

Gespannt blickten wir ihn an.

„Also“, piepste Horst. „Ich hab’s schnell auswendig gelernt.“ Stolz wiederholte er den Text:

Liebe Geister-Gang! Ich kann euch sehen.
Ich stehe vor der Tür, in die euch der SCHLUND
eingesogen hat. Ich sehe alles wie auf einem riesigen
Fernseher. Ich habe das Seil aus dem Keller geholt
und es in die Tür geworfen. Packt das Seil und ich ziehe
euch zu mir rein. Es ist einen Versuch wert,
denn wenn ihr das nicht tut, werden euch diese weißen
Typen erwischen, die da hinter euch heranrasen.
Viele Grüße, euer Verschwindibus.

DER WEG NACH HAUSE

„Wow!“, sagte Bea. „Verschwindibus kann uns sehen und hat ein Seil ausgeworfen? Das ist ja super!“

„Aber was für weiße Typen meint er?“, fragte Meck verwirrt.

Wir drehten uns um. Hinter uns am Horizont zog eine Staubwolke auf. Und es war auch das Getrappel von Hufen zu hören. Von vielen Hufen. Uns wurde klar: Irgendeine gewaltige Armee raste da aus dem weißen Nichts auf uns zu.

„Wir müssen uns beeilen!“, rief Bea mit Panik in der Stimme.

„Aber wie um alles in der Welt sollen wir an das Seil kommen?“, fragte ich.

Das Getrappel der Hufe schwoll jetzt zu einem bedrohlichen Grollen an. Und jetzt konnten wir auch erkennen, wer da heranraste. Mir stockte der Atem. Es waren Tausende von Pferdeskeletten, auf denen mit Säbeln bewaffnete menschliche Skelette hockten. Und diese Horde von Geistern raste direkt auf uns zu. Man konnte ihre Wut fast spüren. Und sie kamen immer näher.

„Ich versuch mal was", piepste Horst und flog erneut hoch zu dem Fenster.

Oben angekommen, packte er das Seil mit seinen Krallen und zog fest daran. Und tatsächlich – es wurde länger und immer länger.

„Bravo, Horst!", riefen wir. „Noch ein Stück!"

Horst zog und zog. Doch dann ging es nicht weiter. Das Seil endete nun etwa drei Meter über unseren Köpfen.

Die Skelettreiter waren nun nur noch wenige Hundert Meter entfernt.

„Los, Matrosen", rief Störti, „rauf auf meine Schultern!"

Er ging in die Knie und winkte Bea heran. Die sprang auf seinen Rücken, setzte sich in seinen Nacken und Störti stand vorsichtig auf.

Das Seil hing jetzt ziemlich dicht über Bea.

„Du musst dich auf seine Schultern stellen", piepste Horst, der noch immer versuchte, mehr Seil nachzuziehen. „Dann kannst du das Seil packen."

Bea tat es. Das Ganze sah etwas wackelig aus. Aber schließlich stand unsere Freundin auf den Schultern des Piraten und umfasste das Seil. Sie nickte kurz, wie um zu signalisieren, dass sie bereit war, und sofort wurde sie mit dem Seil kräftig nach oben gezogen.

„Halt dich gut fest", schrie Störti noch. Und dann war Bea auch schon in dem Fenster verschwunden.

Nach nur wenigen Sekunden tauchte das Seil wieder auf.

Ich schaute mich nervös um. Die Reiter kamen immer näher. Ich konnte hören, dass sie wütend grunzten. Das Getrappel ihrer Pferde wurde nun ohrenbetäubend.

„Los, der Nächste!", rief Störti und ging wieder in die Knie.

„Geh du, Meck. Und nimm Stribbi und Gurki mit!", sagte ich in einem Anfall von Heldenmut.

Meck wollte protestieren, aber Störti packte ihn einfach und hob ihn auf seine Schultern. Stribbi nahm nun seinerseits Gurki auf die Schultern und sprang auf Mecks Rücken. Horst gab das Zerren am Seil auf und setzte sich erschöpft auf Mecks Kopf. Störti stand auf, und dann hing auch Meck mit den drei Kleinen an dem Seil.

„Ich weiß nicht, ob ich das schaffe!“, rief Meck. Aber dann wurde das Seil noch schneller als zuvor nach oben gezogen, und ehe wir uns versahen, wurde Meck durch das Fenster gezogen und das Seil wieder nach draußen geworfen. Horst hatte sich ein wenig gesammelt und zog erneut mit aller Kraft am Seil, bis es nicht mehr ging.

„Jetzt du, Till“, brüllte Störti in den Lärm der heranrasenden Reiter hinein.

„Aber was wird aus dir?“, schrie ich.

„Ich komm da auch ohne Hilfe ran!“, brüllte Störti und hievte mich auf seine Schultern. Kaum hatte ich das Seil in den Händen, wurde ich mit großer Kraft nach oben gezogen. Ich sah die Fensteröffnung, dann wurde es kurz dunkel, ich fühlte ein dumpfes Drücken und dann purzelte ich auf den Boden eines Raumes, der mir sehr vertraut vorkam.

Es war der Kellerflur der Geisterbahn. Verschwindibus und die anderen Mitglieder der Geister-Gang hielten das Seil in ihren Händen.

„Willkommen zu Hause!“, sagte Verschwindibus und warf dann das Seil wieder durch die Tür hinter mir.

Ich drehte mich um.

Die Tür hatte sich in eine Art Dimensionenfernseher verwandelt. Ich sah Störti zu uns hochblicken. Ich sah die heranrasenden Reiter. Ich sah, wie Horst das Seil so weit er konnte zu Störti herunterzog und ich sah, wie Störti verzweifelt versuchte, es zu erreichen. Immer wieder sprang er. Doch er bekam es einfach nicht zu fassen.

Und jetzt war die Skelettarmee an ihrem Ziel. Tausende von wütenden, knöchernen Reitern stoppten abrupt und bauten sich vor Störti auf.

„Nein!“, japste ich. „Störti! Du musst springen! Pack das Seil!“

Ich konnte nicht sagen, ob Störti mich gehört hatte.

Er drehte sich nun langsam zu den Skeletten um. Horst flatterte wild herum. Er konnte nichts tun, um dem Piraten zu helfen.

Wenn wir nichts unternahmen, war dies Störtis Ende.

Bea schlug die Hände vors Gesicht. Meck schluchzte. Gurki blickte mit offenem Mund auf das Geschehen hinunter und Stribbi hockte einfach nur stumm da.

„Verdammt!“, rief Verschwindibus. „Störti muss endlich dieses Seil zu fassen kriegen! Ich kann es leider nicht weiter runterlassen, weil der SCHLUND dagegen ankämpft.“

Wie auf ein geheimes Kommando stürmten jetzt drei der Reiter mit gezogenen Säbeln auf Störti los. Ich war sicher, dass sie Störti einfach unter sich begraben würden.

Doch dann passierte etwas Unglaubliches. Kaum war der erste Reiter herangerast, da zog Störti in einer fließenden Bewegung seine Pistole, schoss den Reiter vom Pferd, steckte die Pistole wieder ein, sprang seitlich neben das heranpreschende Skeletttier, packte die Zügel und schwang sich auf den Rücken des Pferdes. Es bäumte sich auf und versuchte, den Piraten abzuschütteln. Doch der hielt sich eisern fest. Und ehe die anderen Reiter eingreifen konnten, hatte Störti das Pferd neben das Seil gelenkt und sich auf dessen Rücken zu voller Größe aufgerichtet. Das Seil hing nun in Griffhöhe und Störti packte es mit beiden Händen.

Ein Ruck ging durch das Seil.

„Los, Kinder, helft mir!“, schrie Verschwindibus und stemmte sich mit aller Kraft gegen den Zug des Seiles, das nun durch Störtis Gewicht langsam nach unten in Richtung der Skelettarmee rutschte.

Wir sprangen alle auf, packten das Seil und zogen so kräftig, wie wir nur konnten.

Und tatsächlich! Wir schafften es, Störtis Fall zu stoppen – und mehr noch!

Wir zogen ihn langsam, aber zielstrebig zu uns herauf.

Störti hing nur mit einer Hand an dem Seil. In der anderen hielt er seinen Säbel und kämpfte mit den Reitern, die ihn zu attackieren versuchten. Er trat

nach ihnen. Er schlug nach ihnen. Und schließlich war er zu weit oben, als dass sie ihm noch gefährlich werden konnten. Horst drehte eine Pirouette in der Luft und landete dann direkt auf Störtis Hutkrempe.

„Los, und jetzt das letzte Stück!“, rief Verschwindibus. Wir zogen noch einmal mit aller Kraft. Dann machte es *Plopp!* und Störti plumpste auf den Kellerfußboden.

Jubel brandete auf. Alle umarmten den Geretteten. Stribbi machte Purzelbäume. Horst flog wie irre um die Deckenlampe und Gurki hüpfte ständig auf und ab und rief: „Gurkig, wirklich gurkig!“

Störti klopfte sich den Staub aus den Kleidern, umarmte nun seinerseits Verschwindibus und sagte: „Lieber Freund und Retter, die gesamte Geister-Gang dankt dir von Herzen und –“

Doch weiter kam er nicht. Denn hinter ihm krachte und ächzte es laut in der Tür.

Das Bild der weißen Ebene mit der Skelettarmee verschwand.

Nun war nur noch die scheinbar normale Tür zu sehen.

Doch dann erschienen Buchstaben in roter Schrift, wie mit Blut geschrieben. Und sie ergaben einen Satz:

Geister-Gang – ihr habt eine Schlacht gewonnen.
Aber noch lange nicht den Krieg.
Wir sehen uns wieder.

Und da wussten wir: Der SCHLUND war noch lange nicht fertig mit uns …

Foto © Michael Holz

Kester Schlenz, geboren 1958, ist verheiratet und hat zwei erwachsene Söhne. Er studierte Sprachwissenschaften und Psychologie und arbeitete schon neben seinem Studium als freier Journalist. Sechs Jahre leitete er das Ressort „Kultur & Unterhaltung" der Zeitschrift BRIGITTE. Neun Jahre war er dann in gleicher Funktion beim STERN tätig und arbeitet dort jetzt in der Redaktion als Autor. Bekannt wurde er durch seine Bücher über das Vater-Werden und Vater-Sein. Schlenz schreibt aber auch Kinder- und Jugendbücher.

Foto © privat

Max Meinzold, geboren 1987, ist freischaffender Grafikdesigner und Illustrator. Nach der Ausbildung zum Mediengestalter arbeitete er einige Jahre bei einer Münchner Grafikagentur, bis er 2010 den Schritt in die Selbstständigkeit wagte. Seine Schwerpunkte liegen in den Bereichen Kinder- und Jugendliteratur, Fantasy und Science-Fiction. Für seine vielseitige, moderne und innovative Buchgestaltung wurde er bereits für zahlreiche Preise nominiert. Er lebt und arbeitet in München.

LESEPROBE

„GAME OVER“

von Susanne Rauchhaus

ISBN 978-3-473-36952-2

Weltraumschrott

DANIEL Spielt ihr Computerspiele? Dann wisst ihr ja, wie übel es ist, wenn ihr das letzte Level knacken wollt – und immer wieder zersemmelt es euch. Game Over! Und ihr denkt: Da muss irgendwas kaputt sein, das kann doch niemand schaffen! Aber wisst ihr, was noch übler ist? Wenn ihr es doch schafft! Aber nicht mit den … ähm … üblichen Mitteln. Das klingt jetzt krass, aber habt ihr auch nur den Hauch einer Ahnung, wie gefährlich Computerspiele sein können? Ich verrate euch ein Geheimnis: Wenn ihr die falsche Tastenkombi drückt, kann *alles* passieren …

BEN Jetzt mal stopp! Das ist doch gequirlte Banane, du fängst ja mittendrin an! Siehst du nicht, wie verwirrt die Leute jetzt schon gucken?

DANIEL Kann schon sein. Aber sollen wir die Geschichte überhaupt erzählen? Die glaubt uns doch kein Mensch!

BEN Was andere glauben, ist mir doch egal. Aber wenn wir das jetzt nicht aufschreiben, dann glauben wir das bald alles selbst nicht mehr. Erzähl es eben richtig! Ich würd's ja machen, aber du tippst schneller.

DANIEL Na gut! Dann fange ich am besten mit unserem Computerspiel *Space Agents* an, damit ihr wisst, worum es da geht (und das ist wirklich ein Megaspiel!).
Gerade flogen Ben und ich in unserem Jet quer durch die Galaxie, auf dem Weg zu den Minen von Molos. Die liegen versteckt auf einem steinigen, gefährlichen und extrem düsteren Planeten. Die Sonne ist so weit entfernt, dass sie diese Felsenwüste in ein blauschwarzes Licht taucht. Wie nachts, wenn Mondschein zwischen den Wolken durchsickert.
Trotz der Dunkelheit konnte ich es mir nicht verkneifen, ganz dicht über den Boden zu rasen. Das ist ein Wahnsinnsgefühl, weil die Landschaft so echt aussieht.

MOLOS HÖCHSTPERSÖNLICH

Wenn man den Jet durch ein Tal lenkt, kurz vor einem Berg hochzieht und dann durch zwei Felsnadeln steuert … Wow!
Okay, dabei war ich allerdings etwas zu schnell.
„Du musst das Tempo drosseln“, zischte Ben, „sonst sind wir gleich Weltraumschrott!“
„Das ist diese olle Kiste doch schon lange“, sagte ich. Eine bessere konnten wir uns leider nicht leisten. „Hätten wir im letzten Raumhafen bloß etwas mehr Gold gehabt, dann hätten wir uns dieses Megaschiff kaufen können …“
„PASS DOCH AUF!“, brüllte Ben mich plötzlich an.
Musste er gleich so laut werden?

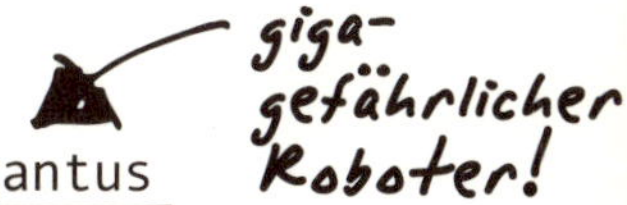

BEN Ja, musste ich! Sonst wärst du Gigantus direkt in die Arme geflogen!

DANIEL Die Bewegung hinter den Felsen hatte ich natürlich auch bemerkt. Doch, ehrlich! Eine gewaltige Gestalt erhob sich in den finsteren Himmel. An diesem Gegner würden wir nur mit sehr viel Können vorbeikommen.
Hastig riss ich unseren Flieger zur Seite, während der Angreifer mit einem seiner Arme ausholte. Die Riesenfaust ließ unseren Bildschirm kurz schwarz werden … Glück gehabt! Er hatte uns nur knapp verfehlt!

BEN In sicherer Entfernung wendete Daniel den Jet, damit wir das Monstrum von vorne sehen konnten. Kein schöner Anblick! Gigantus trägt seinen Namen nicht umsonst: Er ist ein gewaltiger Kampfroboter, bestimmt zehn Stockwerke hoch!

DANIEL Ein Sinnbild perfekter, tödlicher Technik! Sein Metallkörper glänzte, wenn ein Lichtstrahl der fernen Sonne ihn traf …

BEN Sag mal, tippst du gerade die Werbung von der Hülle ab?

DANIEL Jetzt bring mich nicht raus! Gigantus muss man richtig beschreiben, sonst kapiert keiner, warum er so ein mächtiger Gegner ist. Falls das Spiel noch nicht ganz klar ist: Auf allen Planeten, die wir bis jetzt erreicht hatten, mussten wir gegen irgendwas kämpfen. Weltraumpiraten, Monster und Schwärme von Metallkäfern. Natürlich hatten die alle irgendeine Schwäche, man musste sie nur genau beobachten.

PIPIFAX-GEGNER FÜR UNS!

BEN Ja, und *genau beobachten* ist eben Daniels Ding. Wenn er sich in eine Sache verbeißt, dann probiert er mit nervtötender Geduld jede Taktik aus. Ich komme schneller zum Ziel, indem ich einfach mache.

DANIEL Stimmt! Mal passt dein Bauchgefühl,

mal meine Taktik. Aber Gigantus haben wir mit beidem nicht geknackt. Er war anders als die bisherigen Gegner: ein unbesiegbarer (leider nicht ganz doofer) Kampfroboter mit vier !!!! Greifarmen, die alles bekämpften, das sich den Minen von Molos auch nur näherte. Aber irgendwie mussten wir an ihm vorbei!
Wir schwebten also gerade vor ihm in der Luft und ich sagte zu Ben: „Der Eingang liegt direkt hinter ihm."
Ich deutete auf ein schwarzes Loch im Felsen. Ben nickte. „War ja klar! Und Gigantus steht davor wie ein Torwart beim Elfmeter."
Der Vergleich passte. Nur dass wir der Ball waren. Und ein echter Ball hat deutlich mehr Knautschzone, wenn man ihn tritt.
„Neue Ideen?", fragte ich. Eigentlich hatten wir alle denkbaren Strategien schon ausprobiert.
Ben reagierte wie immer ganz spontan: „Versuch es doch einfach mit Ausweichbewegungen. Dann ziehst du den Jet plötzlich runter, durch die Beine, und *schwups* sind wir die Sieger!"
„Oder die Opfer", murmelte ich.
Aber wie meistens hörte ich auf ihn. Ich atmete tief ein, fixierte den Gegner, legte die Hand an den Steuerknüppel – und drückte ihn ganz nach vorn.

BEN Und da fing der Ärger an …